Mordseeflüstern

Maria-Fortmann-ermittelt

Bibliografische Information der Deutschen Nationalbibliothek: Die Deutsche Nationalbibliothek
verzeichnet diese Publikation in der Deutschen
Nationalbibliografie; detaillierte bibliografische
Daten sind im Internet über dnb.dnb.de abrufbar.

Impressum:

© 2018 Marcus Ehrhardt
Herstellung und Verlag:
BoD – Books on Demand, Norderstedt
ISBN: 9783748146902

Korrektorat / Lektorat: Tanja Loibl
Titelgestaltung: MTEL-Design
Bildnachweis: pixabay

Kapitel 1

Maria schaute ihren Kollegen Peter Goselüschen mit großen Augen an.

»Was soll das heißen, du gehst zurück nach Ostfriesland?«

»Streng genommen ist das ja deine Schuld«, entgegnete er und sah sie mit einem breiten Grinsen an. Maria stand komplett auf dem Schlauch. Die Fragezeichen in ihren Augen schienen größer zu sein als die Leinwand des ehemaligen Autokinos in Bruchhausen-Vilsen, einem kleinen Ort etwas südlich von Bremen gelegen.

»Hä?«

»Okay, damit du nicht dumm stirbst, kläre ich dich auf: Durch deine Aktion vor eineinhalb Jahren hast du für richtig Bewegung in der Politik und unserer Führungsebene gesorgt.« Langsam fiel bei Maria der Groschen. Klar, sie hatte unter Missachtung einiger Dienstvorschriften – wohlwollend formuliert – dafür gesorgt, dass eine geheime Organisation aufgeflogen war, die Selbstjustiz an deren Meinung nach unzureichend bestraften Vergewaltigern und Mördern verübte. Zu diesem Kreis zählten Polizisten, Politiker und weitere Personen, die hohe Ämter in der Justiz bekleidet hatten. Worauf hingegen Goselüschen genau hinauswollte, erschloss sich ihr nicht.

»Ja, die Sache ist mir leider noch sehr präsent im Schädel. Aber trotzdem: Hä?« Er schlug ihr freundschaftlich auf die Schulter und schüttelte den Kopf.

»Ach, ich vergesse immer, dass du seitdem ja mehr beurlaubt oder verurlaubt warst, als dass du deinen Hintern hier im Büro geparkt hast.«

»Ja, nun komm mal zum Punkt«, forderte Maria und stöhnte auf.

»Entspann dich, Blondie. Also: Unser höchster Dienstherr hat vor ungefähr sechs Monaten erlassen, dass präventiv Beamte aus verschiedenen Kommissariaten für eine gewisse Zeit in andere Dienststellen abgeordnet werden. Das heißt nicht, dass es jeden betreffen wird, aber die Teams sollen immer mal wieder etwas aufgesprengt werden, damit es nicht wieder zu solchen Dingen kommt wie damals.« Nun hatte auch Maria verstanden. Sie meinte, irgendwann so etwas in der Art gelesen zu haben, am Schwarzen Brett oder im Net, konkret wusste sie jedoch nichts darüber.

»Und du hast dich dafür gemeldet? Freiwillig?«

»Klar, Hase«, sagte der aus Emden stammende Goselüschen. »Sylvia leidet in letzter Zeit eh etwas unter Heimweh nach den Dünen und dem Blöken der Deichschafe, und in Aurich gehen zwei Kollegen ebenfalls per Abkommandierung.« Goselüschen hielt kurz inne und kratzte sich am Kinn. »Da habe ich doch glatt eine Idee: Warum kommst du nicht mit?«

»Du spinnst wohl, was soll ich denn da? Wollt ihr mir ein Zimmer untervermieten, in das du dann einziehst, wenn du es das nächste Mal mit deiner Frau verkackst?« Sie bedachte ihn mit einem herausfordernden Lächeln, doch er blieb entspannt und stieg nicht auf das spielerische Scharmützel ein.

»Jetzt mal im Ernst. Darüber habe ich bisher gar nicht nachgedacht, aber du warst doch eh die letzten Monate kaum im Dienst und fängst sozusagen neu an, warum dann nicht gleich ganz woanders?« Maria schüttelte den Kopf. Was für ein Quatsch, darauf konnte auch nur Gose kommen, dachte sie und befasste sich mit den Unterlagen zu ihrem aktuellen Fall.

∗∗∗

Am Abend saß Maria gelangweilt vor der x-ten Wiederholung eines Hollywood-Blockbusters aus den späten 1980ern mit *Bruce Willis* in der Hauptrolle. Das *Yippie-Ya-Yeah, Schweinebacke* konnte sie langsam nicht mehr ertragen.

Sie streichelte ihren Kater Pinky, der es sich auf ihrem Schoß bequem gemacht hatte, nippte ab und zu an ihrem Tee und musste zum wiederholten Male heute an das kurze Gespräch mit Goselüschen denken.

»Wir sollten es uns einfach mal anschauen, was meinst du?«, richtete sie das Wort an ihr Haustier. Pinky würdigte sie keines Blickes, was sie jedoch nicht als negative Antwort wertete – Herr Pinky war halt manchmal desinteressiert an Dingen, die seine Katzenperson nicht unmittelbar betrafen.

Er versuchte erfolglos, sich mit ausgefahrenen Krallen festzuhalten, als sie ihn vorsichtig von ihren Oberschenkeln schob, um sich ihren Laptop vom Schreibtisch zu holen.

Sie surfte auf der Seite der Polizei Niedersachsen und nach Sichtung erster Informationen forschte sie im gesicherten und nur Polizeibeamten zugänglichen Bereich nach den Details.

Wenn sie es richtig begriff, bestand die Möglichkeit einer Abordnung zwischen 6 und 24 Monaten. »Das ist überschaubar«, sagte sie leise und suchte nach versteckten Fallstricken. Doch es schien sich soweit wirklich um eine reine Vorsichtsmaßnahme zu handeln, die kleinere Mauscheleien und vor allem ausgeprägte Korruption verhindern sollte.

Maria nahm sich vor, eine Nacht darüber zu schlafen und morgen dann zu entscheiden. Denn Goselüschen hatte recht: Sie startete nach sehr aufreibenden 18 Monaten, in denen sie mehrere Höllen durchleben musste, quasi neu. Und sie war ungebunden. Kurt Stohmann, ihr letzter Freund, verbüßte eine lange Haftstrafe, da er massiv in die üblen Taten der Selbstjustiz-Organisation involviert gewesen war. Und ihr Urlaubsflirt Verena, mit der sie eine schöne und aufregende Zeit auf Langeoog und danach mal bei ihr in Hamburg, mal bei sich in Cloppenburg verbracht hatte, überstand den Alltag und die räumliche Entfernung nur ein paar Wochen. Sie hielten lose Kontakt, doch mehr würde daraus nicht entstehen. »Na gut, Maria, aber nur eine Stunde, dann geht es ins Bett«, ermahnte sie sich und besuchte die Homepage einer Maklerin aus Aurich.

Kapitel 2

Die nächsten Tage nahm die anfangs völlig absurd erscheinende Idee immer mehr an Kontur an. Nicht zuletzt Goselüschen, der Maria immer wieder darauf ansprach, gab den entscheidenden Ausschlag, ein Gespräch mit ihrem Chef zu führen. Nein, so ganz der Wahrheit entsprach das nicht: Sie musste sich eingestehen, dass sie sich in ihrer Cloppenburger Dienststelle einfach nicht mehr wohl fühlte und der Vorschlag ihres Kollegen genau zur richtigen Zeit kam.

»Nun, ich habe etwas in dieser Richtung bereits befürchtet, Maria«, sagte Dr. Mühlenhardt mit Resignation in der Stimme. »Es ist aber auch sehr viel auf Sie eingeprasselt in den letzten Monaten. Daher kann ich Ihren Schritt verstehen, auch wenn ich ihn nicht begrüße.«

»Danke, Chef, ich habe mir die Entscheidung wirklich nicht einfach gemacht.«

»Das ist ja wohl auch das Mindeste«, erwiderte er mit einem kleinen Lächeln. »Ich vermute, Sie möchten an der Seite von Peter den zweiten Kollegen aus Aurich ablösen?« Maria zögerte mit ihrer Antwort.

»Wenn das klappt, wäre es schön. Aber ehrlich gesagt, würde ich auch woanders eine Stelle annehmen. Ich muss nur mal für eine Zeitlang hier weg. Andere Leute, andere Luft, Sie wissen schon ...«

»Okay, Maria, geben Sie mir den Antrag rein, wenn Sie ihn fertig haben, und ich schaue mal, was ich in Sachen Aurich machen kann.« Maria nickte, stand auf und drehte sich im Türrahmen noch einmal herum.

»Vielen Dank.«

Ein Gefühl der Leichtigkeit durchströmte sie auf dem Weg in ihr Büro. Es fühlte sich an, als ob sie sich gerade aus einer Presse befreit hätte, die sie ganz langsam zu zerquetschen drohte.

Goselüschen blieb der beschwingte Zustand seiner Kollegin nicht verborgen, als sie sich hinter ihren Schreibtisch auf den Stuhl fallen ließ.

»Was grinst du so dämlich?«, neckte er sie. »Hast du im Lotto gewonnen oder wirst vorzeitig pensioniert bei vollen Bezügen?«

»Ach Gose, du bist so ein Herzchen. Nein, ich war gerade beim Chef.«

»Und?«

»Ich bin dabei.«

»Hä?« Maria grinste ihn nur an und langsam schien der Groschen bei ihm zu fallen. »Nein!«

»Doch.« Nun strahlte auch er mit einem breiten Lächeln, das ihn aussehen ließ wie die gelben Smilys auf den Messengern. »Aber der Antrag muss noch abgesegnet werden. Und natürlich muss ich ihn dazu erstmal abgeben.«

»Dann hau in die Tasten, Mädel.« Goselüschen war bereits um den Schreibtisch herumgekommen und saß ihr jetzt schräg gegenüber auf ihrer Schreibtischplatte. »Das freut mich wirklich. Wer weiß, was sie mir sonst für einen trotteligen Partner zur Seite gestellt hätten. Bei dir weiß ich ja schon, mit welchen Marotten ich klar kommen muss.« Er legte seine Hand auf ihre Schulter und drückte leicht zu.

»Nun komm mal wieder runter. Wie gesagt: Der Antrag muss noch durch die Instanzen.«

Kapitel 3

3 Monate später

Der Mann mit der halbmondförmigen Narbe über der rechten Augenbraue nippte an einem Long Island Icetea – dem seiner Meinung nach passenden Getränk für den Inselkurztrip, auf dem er sich befand. Es war das zweite Glas, das er sich in der Disco Lux im Nachtleben Norderneys genehmigte. Der dröhnende Bass der Technomusik nervte ihn und die aufgekratzten, jungen Hühner, die auf der Tanzfläche herumzappelten, machten es nicht besser. Es kam ihm vor, als wären die alle auf Speed oder Ecstasy oder was auch immer die Jugend von heute sich hinein pfiff, um draufzusein. Er grunzte. Dem Anfang 40-Jährigen waren Drogen – abgesehen von Bier, Schnaps, Zigaretten und vielleicht hin und wieder mal etwas Gras – suspekt und er konnte ihnen nie etwas abgewinnen. Aber es half nichts. Außer diesem Schuppen hatte kein anderer bis in die Morgenstunden geöffnet. Jedenfalls hatte er auf die Schnelle keinen finden können. Und irgendwie musste er ja die Zeit bis zum frühen Morgen überbrücken, bis er mit der ersten Fähre aufs Festland zurückkehren würde.

Er schnaubte verächtlich, als er daran dachte, was ihm Friederike Claaßen vorhin an den Kopf geworfen hatte, nachdem sie über eine Stunde lang wie tollwütige Hunde übereinander hergefallen waren und sich gegenseitig zu einigen Höhepunkten trieben. Trotzdem sagte sie danach:

»Warst ganz okay, Kleiner, aber dir ist hoffentlich klar, dass dies eine einmalige Sache war?«

»Natürlich, Baby, wo denkst du hin?«, hatte er erwidert und rau aufgelacht. Was dachte sich die Schlampe, Sex mit ihm ganz okay zu nennen? Und was sollte das, ihn abzuservieren? Dachte sie im Ernst daran, dass sie für ihn mehr sein könnte, als eine weitere Kerbe in seinem Colt? Das Dreckstück hatte ihn an seiner Ehre gepackt, an seinem wunden Punkt. Aber nicht mit ihm! Das hatte sie bitter bereuen müssen.

Er hob sein Glas und dachte mit Genugtuung an ihren Blick, den letzten Gesichtsausdruck, den er von ihr sah, und stieß mit einem imaginären Trinkpartner an.

Zwei Cocktails weiter und drei Stunden später legte die Fähre mit ihm an Bord ab und erreichte nach etwa 45 Minuten den Hafen von Norddeich.

***

Dr. Mühlenhardt hatte sein Wort gehalten und Marias Abordnung erfolgreich unterstützt. Pünktlich betrat sie an der Seite Goselüschens das Büro ihrer neuen Chefin. Die unscheinbare, brünette Frau im Kostüm begrüßte sie freundlich:

»Moin, Frau Fortmann, moin, Herr Goselüschen. Kommen Sie rein und setzen Sie sich«, forderte sie sie auf und wies auf zwei Stühle ihr gegenüber. Fast mittig auf dem Schreibtisch, der sie von der Dienststellenleiterin trennte, sprang Maria das längliche, dreiseitige Namensschild aus Holz ins Auge, auf dem der Name Marion

Dünemann zu lesen war. Das Schild erinnerte Maria an eine Kombination aus einer Toblerone-Schokolade und dem Scrabble-Spielbrettchen, auf dem man seine Buchstabensteine parkte.

»Moin, Frau Dünemann«, erwiderten die beiden fast gleichzeitig. Nachdem sie sich die Hände geschüttelt und Platz genommen hatten, erklärte Marion Dünemann ihnen in groben Zügen, was sie von beiden erwartete.

»Nun, Herr Goselüschen —«

»Peter reicht«, warf er ein. Sie lächelte und begann erneut.

»Nun, Peter, Sie kennen Aurich ja noch von früher. Daher sollten Sie sich hier schnell zurechtfinden. Zwar bin ich die dritte, die seitdem auf diesem Stuhl sitzt, aber es wurden keine revolutionären Neuerungen eingeführt. Und das wird sich auf kurze Sicht auch nicht ändern.«

»Jo, ich habe auf dem Flur einige wiedererkannt.« Die Chefin nickte und wandte sich an Maria.

»Zu Ihnen, Maria, ich darf Maria sagen?«

»Ja, sicher.«

»Gut. Also,hört

Maria, lassen Sie es mich deutlich sagen: Ihnen dürfte klar sein, dass Ihnen ein Ruf vorauseilt, der das Kollegium nicht unbedingt in Jubelarien verfallen lässt.« Die beiden Frauen sahen sich in die Augen, ohne eine Gefühlsregung erkennen zu lassen. Maria hatte damit gerechnet, dass sie nicht mit Pralinen und offenen Armen empfangen werden würde, diese Art der Begrüßung überraschte sie allerdings und ihr wurde etwas mulmig zumute, was noch folgen würde. »Dr. Mühlenhardt sicherte mir zu, dass ich keine

Probleme mit Ihnen haben werde.« Sie hielt kurz inne und fixierte Maria. »Wir sind weder eine Therapieeinrichtung noch brauchen wir ein weibliches Pendant zu *Dirty Harry.* Machen Sie Ihren Job, wie Sie ihn bis vor dieser Geheimbundgeschichte gemacht haben, und wir werden die besten Freundinnen – verfallen Sie nur ansatzweise in die Muster der letzten Monate, sind Sie schneller draußen, als der Knall des Startschusses im Ohr des Hundertmeter-Läufers hallt. Verstehen wir uns?« Maria versuchte krampfhaft, sich ihre Verärgerung nicht anmerken zu lassen, obwohl das Blut in ihren Schläfen pochte.

»Natürlich. Ich gebe mein Bestes«, erwiderte sie knapp. Abrupt schnellte Marion Dünemann von ihrem Stuhl hoch und streckte ihre Hand aus.

»Wunderbar«, sagte sie mit einem Lächeln. »Das wollte ich aus Ihrem Mund hören. Sie beide bekommen das Büro gegenüber von Kommissar Waldner – den kennen Sie ja bereits. Er wird Ihnen auch in der Anfangszeit als Ansprechpartner behilflich sein.«

Ausgerechnet Waldner, dachte Maria und seufzte unmerklich. Aus dem Augenwinkel glaubte sie, bei Goselüschen ebenfalls etwas Unwillen im Gesicht aufblitzen gesehen zu haben, als der Name fiel. Was Anderes hätte mich auch verwundert, dachte sie.

Die beiden verabschiedeten sich und machten sich auf den Weg in ihren neuen Arbeitsbereich. Maria meinte, die Abneigung gegen sich körperlich zu spüren, als sie die Blicke einiger neuer Kolleginnen und Kollegen auf dem Korridor trafen. Ganz anders bei Goselüschen, dem schon zum vierten Mal von einem früheren Kameraden auf die Schulter geklopft wurde. Aber vielleicht bildete sie sich das auch nur ein, versuchte sie, sich aufzumuntern.

Zu ihrer Überraschung wartete Kommissar Waldner in ihrem Büro auf die beiden. Noch erstaunter war Maria, als er sie mit einem freundlichen Lächeln, welches ihr absolut ehrlich erschien, begrüßte.

»Da ist ja endlich unsere Cloppenburger Verstärkung.« Irritiert schaute Goselüschen zu Maria und darauf zu Waldner.

»Moin«, erwiderte er knapp, was Maria ein Schmunzeln entlockte, denn eines hatte sie bei Gose bisher noch nicht erlebt: Sprachlosigkeit.

»Moin, Herr Waldner«, sagte jetzt auch Maria mit der gebotenen Höflichkeit, die man seinem Lebensretter entgegenbringen musste. Schließlich hatte er sie vergangenen Sommer im letzten Moment vor dem Ertrinken bewahrt, als der durchgeknallte Inselpolizist von Langeoog sie umbringen wollte.

»Nun mal nicht so förmlich, schließlich sitzen wir jetzt alle im selben Boot. Nennt mich Karl-Heinz.«

»Das bekommen wir hin«, sagte Goselüschen und schob sich an ihm vorbei auf die linke Seite des doppelten Schreibtisches.

»Kein Problem, Karl-Heinz. Maria.« Sie gab ihm die Hand und besah sich darauf ihre Seite des Büros näher. Waldner ging zur Tür und drehte sich noch einmal herum. Dann schloss er sie, er schien keine zufälligen Zuhörer zu wollen.

»Hört zu, ihr beiden. Mir ist durchaus bekannt, welchen Ruf ich habe. Und ja, ich kann ein ziemliches Arschloch sein — mal zu Recht, und mal zu Unrecht. Das heißt jedoch nicht, dass ich euch nicht respektiere und euch mit allem versorgen werde, was für eine optimale Zusammenarbeit notwendig ist.« Er ließ die Worte kurz wirken. »Und solange ihr mir nicht in meine Arbeit hineingrätscht, werde ich es auch nicht bei euch tun. Und Maria –« Waldner nahm seinen Arm nach vorn und drehte die Handfläche nach oben. »Wir beide haben unsere Differenzen am Telefon damals doch ausgeräumt, oder?« Maria stutzte kurz und nickte dann.

»Ja, das haben wir. Alles okay.« Waldner machte mit Zeigefinger und Daumen die Pistolengeste und drückte in die Richtung der beiden ab.

»Na dann, herzlich willkommen.«

Fast gleichzeitig atmeten Maria und Gose laut aus, als die Tür von außen geschlossen wurde.

»Ehrlich, direkt, Dachschaden — passt schon«, resümierte Goselüschen die kurze Ansprache Waldners und Maria stimmte ihm innerlich zu. Dies war der erste Moment des heutigen Tages, in dem sie sich gut fühlte.

***

Mit zwei Fingern rieb er sich über die Narbe auf seiner Stirn. Es schien sich ein Wetterwechsel anzukündigen, dessen war er sicher. Schließlich machte sie ihn seit über zwanzig Jahren zuverlässig mit unaufhörlichem Jucken und Piksen darauf aufmerksam, sodass er auch als Wetterfrosch hätte fungieren können. Auf die Frau, die sich ihm von hinten näherte, achtete er nicht.

»Na, wie war dein Wochenende?«, fragte sie und ließ sich auf den Stuhl seitlich seines Schreibtisches fallen.

»Nichts Besonderes, Swantje«, antwortete er knapp. Doch damit wollte sich seine Kollegin hier im Büro nicht abspeisen lassen. Vor langer Zeit hatte er eine kurze Affäre mit der falschen Blondine, wie ihr dunkler Haaransatz alle paar Wochen verriet. Doch nach drei heimlichen Treffen mit durchschnittlichem Sex hatte er das Interesse an ihr verloren und sich darüber geärgert, mit einer Kollegin etwas angefangen zu haben. Zum Glück hatte sie es schnell akzeptiert, dass er es beendete und auch nichts mehr daraus werden würde, und seitdem pflegten sie ein freundschaftliches Verhältnis zueinander.

»Ach komm schon, du hast doch bestimmt wieder was flachgelegt«, sagte sie und sah ihn schelmisch an. »Oder musstest du zuhause einen auf braver Familienvater machen?« Sie hielt die Hand vor den offenen Mund.

»Das geht dich nichts an. Hast du nichts zu tun?« Sie lachte ihn an. Er hasste es, wenn sie ihn auf dieses Thema ansprach, wobei er nicht genau wusste, ob es an ihr lag, oder daran, dass sie nicht Unrecht damit hatte. Seine Ehe war nur noch eine Farce. Seit die drei Kinder größtenteils ihrer eigenen Wege gingen, stellte er fest, wie wenig er und seine Frau sich noch zu sagen hatten. Erschwerend kam hinzu, dass seine Frau niemals in der Lage war, seinen sexuellen Ansprüchen zu genügen.

»Dann lass ich dich mal lieber in Ruhe«, riss sie ihn aus seinen Gedanken und marschierte in Richtung ihres eigenen Büros, ohne es sich nehmen zu lassen, ihm über ihre Schulter noch ein verschmitztes Lächeln zuzuwerfen.

»Das ist auch besser«, sagte er, ohne dass sie es hören konnte. Er ärgerte sich immer noch ein wenig über das unwürdige Ende vorgestern auf Norderney. Aber was soll's, dachte er im nächsten Moment. Es gab noch so viele, um die er sich kümmern könnte.

Kapitel 4

Langsam gewöhnte sich Maria an das distanzierte Verhalten ihrer Kollegen, zumindest versuchte sie es. Schließlich waren erst einige Tage vergangen, seitdem sie und Goselüschen ihren Dienst in Aurich angetreten hatten, und mit der Zeit würde es bestimmt besser werden. Sie konzentrierte sich vorerst auf ihre Arbeit und blendete die schlechten Schwingungen weitestmöglich aus. Hin und wieder ertappte sie gar den einen oder anderen, wie er ihr zu lächelte, bevor sofort wieder der geschäftsmäßige Blick aufgesetzt wurde. Ich koche euch schon noch weich, dachte sie sich.

»Wir Ostfriesen sind ein stures Volk«, hatte er sie anfangs vorgewarnt, »aber wenn wir erstmal jemanden ins Herz geschlossen haben, lassen wir ihn nicht mehr hinaus.«

»Ich hab dich auch lieb, Gose«, erwiderte sie zwinkernd.

»Nun ja, mich nicht zu mögen, bedarf schon einiger Anstrengung.«

»So schlimm wird es dort schon nicht werden«, vermutete sie und musste mittlerweile zugeben, sich mächtig geirrt zu haben. Es gab durchaus so manchen Moment, in dem sie ihre Entscheidung für die Abkommandierung bereute. Aber Maria war eine Kämpfernatur und würde sich durchbeißen.

Selbst Goselüschen war mit der augenblicklichen Situation leicht unzufrieden, da sie bisher nicht richtig eingebunden wurden und er das Gefühl hatte, dass sie mit den Aufgaben bedacht wurden, zu denen die Kollegen im Fachkommissariat keine Lust hatten.

»Ich gebe denen noch zwei Wochen. Wenn wir bis dahin nichts Vernünftiges auf den Tisch bekommen, tanz ich mit der Dünemann Tango, das sag ich dir!«

»Ach komm, das wird schon.« Wie auf Kommando wurde die Tür geöffnet und ein junger Kollege trat ein.

»Auf geht´s, ihr beiden. Wir haben eine Frauenleiche auf Norderney. Möglicherweise ermordet.« Goselüschen sah zu Maria.

»Siehst du: Man muss es nur einmal aussprechen.«

»Ja, genau. Als Nächstes schlag bitte eine Gehaltserhöhung für uns heraus.« Sie griffen nach ihren Jacken und folgten dem Kollegen, der ihnen am Eingangsbereich einen Ordner mit den bisherigen dürftigen Informationen übergab. Wenig später bestiegen sie im Hafen von Norddeich die nächste Fähre zur Insel.

Norderney also, schoss es Maria durch den Kopf, als sie der Insel mit dem zwischen den Dünen herausragenden Leuchtturm näherkamen. Na ja, immer noch besser als Langeoog.

***

Amüsiert beobachteten sie beim Verlassen der Fähre, wie eine übermotivierte Möwe versuchte, einer anderen ihren Fang streitig zu machen. Im nächsten Moment waren die Vögel schon wieder ad acta gelegt, da am Anleger bereits der Streifenwagen wartete, der sie zu einem einsam gelegenen, von Hecken umgebenen Bungalow brachte. Zum Meer, das hinter dem Deich lag, konnte man vom

Haus aus fast hinspucken. Schöne Lage, träumte Maria vor sich hin.

Die Kollegen von der Tatortgruppe schienen mit dem Helikopter eingeflogen worden zu sein, denn es war alles abgesperrt und es herrschte reges Treiben.

Sie stiegen über das Absperrband, als ihnen ein Mann in weißem Schutzanzug entgegenkam.

»Moin. Thomas Husmann, Leiter der Tatortgruppe.«

»Maria Fortmann und das ist Peter Goselüschen«, erwiderte sie.

»Moin«, sagte Goselüschen, »was habt ihr für uns?« Sie folgten ihm ins Haus und zogen ihre Handschuhe über, während Husmann sie auf den aktuellen Stand brachte.

»Friederike Claaßen, 35 Jahre alt, geschieden, Steuerberaterin mit eigener Kanzlei in Emden. Das hier ist ihr Ferienhaus. Lag sicher schon ne Weile da, nicht erschrecken – sie müffelt bereits etwas.«

»Danke für die Warnung«, sagte Goselüschen und zog vorsichtshalber ein Taschentuch hervor.

»Sie wurde von der Putzkraft, einer Helena Kurz, heute Morgen tot aufgefunden. Sie wohnt dort hinten.« Er wies auf eine entfernte Häuserreihe. »Wir haben ihr gesagt, sie soll sich zur Verfügung halten für eure Befragung.«

»Gut, da schauen wir gleich mal vorbei«, sagte Goselüschen.

»Der Rettungsarzt wollte sich nicht festlegen, ob sie eines natürlichen Todes gestorben ist. Aber der Rechtsmediziner ist auf dem Weg.«

»Gibt es Anhaltspunkte für ein Gewaltverbrechen?«, wollte Maria wissen.

»Nein, nicht auf den ersten Blick.«

»Da bin ich gespannt.«

Als sie das Schlafzimmer betraten und die auf dem Rücken liegende Frauenleiche im Bett erblickten, die bis unter die Brust von einer Decke verhüllt war, sah es tatsächlich so aus, als ob sie ruhig eingeschlafen und dahingeschieden wäre. Auch der Geruch hielt sich in Grenzen, obwohl der Verwesungsprozess in vollem Gange war. Es gab keine Hinweise, die auf einen Kampf schließen ließen, und weder an den Türen noch an den Fenstern fanden sich Einbruchspuren.

Da die Tote jedoch verhältnismäßig jung war und keine herumliegenden Medikamente auf eine schwere Krankheit hindeuteten, hatte sich der Rettungsarzt sicherheitshalber dazu entschieden, bei Todesursache das Feld unklar anzukreuzen. In einem solchen Fall wird stets die Polizei hinzugezogen, die je nach Beurteilung der Staatsanwaltschaft die Leiche beschlagnahmt und zur Autopsie ins Institut für Rechtsmedizin schaffen lässt oder sie zur Bestattung freigibt.

So schauten sich Maria und Goselüschen, bedacht darauf, keine Spuren zu beeinträchtigen, im Haus um.

»Na, was haben wir denn da?«, sagte Maria, die neben dem Kopfteil des Bettes kniete und eine Hand in Richtung ihres Kollegen ausstreckte. »Gib mal deinen Stift, Gose.« Er reichte ihr seinen Kugelschreiber, den sie ergriff und damit in der Ritze zwischen dem Bettgestell und dem Nachttisch herumstocherte. »Nun komm schon!« Sie zog den Stift vorsichtig aus dem Spalt heraus. An ihm hing ein benutztes, ziemlich gut befülltes Kondom.

»Sauber«, sagte Goselüschen und stupste einen Kollegen der Spurensicherung an, der eine Klarsichtfolie hervorzog und sie so hielt, dass Maria ihren Fund hineinfallen lassen konnte. »Das scheint eine gute Qualität zu haben, wenn es nach so langer Zeit noch nicht verdunstet ist. Oder es wurde —«

»Gose, du bist widerlich«, unterbrach ihn Maria kopfschüttelnd und erhob sich.

»Man kann nie wissen«, verteidigte er sich mit erhobenem Zeigefinger. Maria seufzte.

»Du hast natürlich recht. Wir können deine kranke Idee verfolgen, sollten wir keine ernsthafte Ermittlungsarbeit mehr betreiben wollen.«

»Krank, aber möglich. Aber hier, schau dir mal das zweite Kopfkissen an.« Maria kam der Aufforderung nach und sah erst auf den zweiten Blick, was er meinte. Es lag irgendwie so, als ob es da nicht hingehören würde. Sie drehte es vorsichtig um.

»Bingo«, sagte sie und Gose nickte. Auf der Rückseite fanden sie etwa in der Mitte einen verschmierten Fleck, der farblich zu dem Lippenstift passte, den man auf dem Mund des ansonsten unappetitlichen Gesichts der Toten noch gut erkennen konnte.

»Moin, die Damen und Herren!«, schallte es in den Raum. Überrascht von der Dynamik in der Stimme drehten sich die beiden Kommissare zu dem großen, schlanken Mann herum, der mit einer Tasche in der Hand lächelnd auf sie zukam. »Professor Doktor Hans Hallig, ich bin der neue Leiter der Rechtsmedizin«, stellte er sich vor. »Sie müssen Frau Fortmann und Herr Goselüschen sein, richtig?« Die beiden gaben ihm die Hand und teilten ihm ihre Erkenntnisse mit.

»Wie kommt es, dass Sie hier persönlich auftauchen? Normalerweise bekommen Sie unsere Leichen doch erst zu Gesicht, wenn Sie Ihnen in Oldenburg auf den Seziertisch gelegt werden.«

»Zufall, Herr Goselüschen, purer Zufall. Ich verbringe zur Zeit meinen Urlaub hier und da hielt es meine Assistentin wohl für eine gute Idee, mich zu benachrichtigen.«

»Oh«, sagte Maria, »tut mir leid, dass Sie in Ihrem Urlaub damit belästigt werden.« Hallig lachte herzhaft auf.

»Glauben Sie mir, Frau Fortmann, nach zwei Wochen mit endlos langweiligen Spaziergängen am Strand mit meiner Frau war ich heilfroh darüber, etwas Abwechslung zu bekommen.«

Während er sich an die Untersuchung machte, schauten Maria und Goselüschen sich weiter um. Nach wenigen Minuten rief er die beiden zu sich und der Leiche.

»Was meinen Sie, Professor?« Wenig überraschend reagierte er:

»Doc reicht. Ihre Mutmaßung bezüglich eines gewaltsamen Erstickens muss ich natürlich noch verifizieren, es sieht aber ganz danach aus. Was den Todeszeitpunkt angeht, liegen wir zwischen sechs und acht Tagen, genaueres dazu teile ich Ihnen im Laufe des Abends mit, wenn ich mit der Auswertung fertig bin.«

»Danke, Doc«, sagte Goselüschen. Der Mediziner sprach kurz mit zwei weiteren Kollegen, die sofort damit begannen, den Leichnam transportfähig zu machen.

»Wir brauchen alles aus dem Schlafzimmer, dem Wohnzimmer, der Küche und dem Bad. Jeden Fingerabdruck, jedes Haar, jede Schuppe und was ihr sonst noch findet«, wies Maria die Spurensicherung an.

***

Die kleine, etwas pummelige Helena Kurz schien offensichtlich noch ziemlich mitgenommen zu sein, als sie Maria und Goselüschen die Tür zu ihrer Wohnung öffnete, welche gerade mal 800 Meter vom Tatort entfernt in einer Zeile aus Reihenmietshäusern lag.

»Ich kann das immer noch nicht glauben. Die Frau Claaßen war noch so jung und vital.« Sie schüttelte fortwährend den Kopf, während sie vor den Beamten in Richtung der Küche vorausging. »Aber Sie sagten, Sie wären von der Kriminalpolizei? War es etwa Mord?« Helena Kurz hielt sich beide Hände vor das Gesicht.

»Wir gehen von einem gewaltsamen Tod aus, richtig. Wann haben Sie sie das letzte Mal lebendig gesehen?«, wollte Goselüschen wissen, der bereits seinen Notizblock und den Stift gezückt hatte.

»Oh Gott, oh Gott.« Sie kramte auf der Ablage herum und drehte sich einen Moment später mit einem Inhalator um, den sie an ihren Mund setzte und tief das Medikament einsog. »Asthma«, erklärte sie, »trotz der fantastischen Nordseeluft brauche ich es hin und wieder.« Sie deutete auf das kleine Gerät in ihrer Hand.

»Kein Problem. Beruhigen Sie sich erstmal«, sagte Maria freundlich und zog sich einen der Küchenstühle vor, um sich darauf zu setzen.

»Danke, es geht schon. Also, ich bin alle 14 Tage bei Frau Claaßen. Demnach ist es jetzt genau zwei Wochen her. Allerdings habe ich sie nicht gesehen, sie ist ja immer nur für ein oder zwei Wochen hier. Da laufen wir uns nicht so oft über den Weg. Aber sie bezahlt immer pünktlich.«

»Das ist die Hauptsache«, sagte Goselüschen. »Haben Sie sie in den letzten Tagen gesehen? In ihrem Garten oder auf der Straße? Sie leben ja schließlich ziemlich nah bei ihrem Haus.« Helena Kurz schien nachzudenken.

»Hm, also nein. Nicht, dass ich wüsste.«

»Wissen Sie, womit sich Frau Claaßen hier üblicherweise beschäftigte? Ging sie in irgendwelche Restaurants, Cafés oder zu einem bestimmten Supermarkt?«

»Nein, Frau Kommissar. Wenn sie abreiste, hinterlegte sie mir immer einen Zettel mit Sachen, die ich für sie einkaufen sollte, damit sie bei ihrem nächsten Aufenthalt versorgt wäre. Das habe ich natürlich gemacht.«

»Natürlich«, sagte Goselüschen.

»Bitte was?«, reagierte die Haushaltshilfe verwirrt, während Maria ihm einen strengen Blick zuwarf.

»Nichts, fahren Sie bitte fort«, bat er.

»Also wie gesagt: Die Einkäufe habe ich für sie erledigt. Ansonsten blieb sie meist im Haus. Sie haben die große, sichtgeschützte Terrasse mit dem kleinen Planschbecken – keine Ahnung, wie das richtig heißt, gesehen, oder?«

»Jacuzzi.«

»Bitte?«

»Das nennt man Jacuzzi. Oder Whirlpool«, klärte Goselüschen sie auf.

»Ach so. Na gut. Nun, sie erzählte mir vor einigen Jahren, dass sie hier nicht gestört werden wollte, weder von mir noch von anderen Leuten. Sie ginge auch erst zum Strand, wenn es dämmerte, damit ihr niemand über den Weg laufen könnte. Sie meinte, das hier wäre ihre Oase der Ruhe.«

»So wie Sie Frau Claaßen schildern, war sie wohl etwas menschenscheu. OK, ich denke, das war es schon. Vielen Dank für Ihre Auskunft, Frau Kurz.« Maria erhob sich und wenig später befanden sie sich auf dem Weg zurück zum Tatort.

»Oase der Ruhe«, wiederholte Maria, »das ist vielleicht der Grund, warum wir weder ein Handy noch einen Computer im Haus gefunden haben.«

»Hätte sie mal vorher bei dir nachgefragt, dann wüsste sie, dass ein Urlaub ohne Handy lebensgefährlich sein kann.« Damit spielte er auf Marias Entschluss an, ohne Smartphone in den Urlaub nach Langeoog zu fahren, der fast mit ihrer Ermordung geendet hatte.

»Klappe, Gose«, sagte sie und stieß ihm einen Ellbogen in die Seite. »Aber ausschließen können wir das nicht.«

»Nein, das behalten wir mal im Hinterkopf.«

Die folgenden Stunden verbrachten sie mit Befragungen der Nachbarn und der Betreiber verschiedener Geschäfte in der Umgebung, doch niemand konnte sich daran erinnern, wann genau er oder sie Frau Claaßen das letzte Mal gesehen hatte.

Kapitel 5

Es war mittlerweile ruhig auf der Polizeidienstelle Aurich am Fischteichweg. Die meisten Beamten hatten Feierabend oder waren im Außeneinsatz, als Maria und Goselüschen am frühen Abend ihr Büro erreichten.

»Erstmal einen Kaffee. Willst du auch einen, Blondie?« Er werkelte an seiner eigens mitgebrachten Maschine, bis sie zischend ihre Arbeit aufnahm.

»Danke, lass mal. Aber was mir gerade einfällt: Jahrelang textest du mich damit zu, dass nur ihr hier ordentlichen Tee zubereiten könnt und der Ostfriesentee sowieso der beste von der ganzen Welt ist. Warum säufst du dann in einer Tour Kaffee?«

»Das verstehst du nicht«, nuschelte er. Maria neigte leicht den Kopf.

»Hä?«

»Das verstehst du nicht, Bohnenstange!« Maria zog ihre Augenbrauen hoch und begann zu grinsen.

»Langsam fällt der Groschen. Du magst überhaupt keinen Tee.«

»Boah, lass mich in Ruhe. Hast du nichts Dringendes zu erledigen? Lidstrich nachziehen oder Nägel feilen?« Sie prustete los.

»Ich fasse es nicht. Seit über drei Jahren arbeite ich mit dem selbsternannten Vorzeigeostfriesen aus Emden zusammen und jetzt stellt sich heraus, dass er sein Nationalgetränk nicht mag.« Goselüschen grummelte etwas Unverständliches vor sich hin, bis das Telefon läutete.

»Oberkommissar Goselüschen, Kriminalpolizei Aurich.« Maria bemühte sich, das Telefonat nicht zu stören, da sie immer noch amüsiert über die Aufdeckung von Goses Geheimnis war und jede Sekunde befürchtete, laut loszuprusten. Glücklicherweise stellte ihr Kollege den Lautsprecher an und holte sie so aus der üblen Situation. »So, meine Kollegin hört mit.«

»Moin, Frau Fortmann, Dr. Hallig hier«, begrüßte er sie. Er wartete ihre Erwiderung ab und fuhr fort. »Sie haben mit Ihrer Vermutung richtig gelegen. Frau Claaßen wurde zweifelsfrei erstickt, mutmaßlich durch Burking unter Zuhilfenahme des Kopfkissens, jedenfalls haben wir Fasern im Mundraum gefunden, die dazu passen könnten. Die haben wir mit den Abstrichen und den Spuren unter den Fingernägeln bereits ins Labor geschickt.«

»Burking?«, hakte Goselüschen nach. »Sie meinen, der Täter hat auf dem Brustkorb des Opfers gesessen, während er ihm das Kissen auf das Gesicht gedrückt hat?« Hallig bestätigte.

»Gesessen oder gekniet.«

Maria erschauderte. Burking ging auf den Serienmörder William Burke zurück, der Anfang des 19. Jahrhunderts in Edinburgh seine Opfer auf diese Art ermordet hatte, da sie nur schwierig zu identifizierbare Zeichen eines gewaltsamen Todes hinterließ. Und Burke, so wusste Maria aus Vorlesungen während ihrer Ausbildung, verkaufte die Leichen an anatomische Institute. Dem Opfer erging es demnach ähnlich wie der Beute einer Würgeschlange.

»Können Sie uns etwas zum Todeszeitpunkt sagen?«

»Natürlich, Frau Fortmann. Mit an Sicherheit grenzender Wahrscheinlichkeit trat der Tod am letzten Sonntag gegen 18 Uhr ein – plus minus 8 Stunden.«

»Damit können wir schonmal arbeiten«, sagte Goselüschen.

»Wir haben am Hals Würgemale gefunden und an Armen und Rumpf einige Hämatome festgestellt, die ihr durch stumpfe Gewalteinwirkung vor ihrem Tod zugefügt wurden. Ansonsten kann ich Ihnen leider nicht viel anbieten. In den Organen und den verbliebenen Körperflüssigkeiten konnten wir keine Auffälligkeiten feststellen. Sie schien kerngesund zu sein.«

»Vielen Dank, Doc und einen schönen Abend«, sagte Maria und Goselüschen legte den Hörer zurück, nachdem sich der Rechtsmediziner verabschiedet hatte.

»Somit wäre das geklärt. Was haben wir?« Goselüschen zog seinen Notizblock hervor und blätterte darin.

»Nicht viel im Moment«, begann er. »Ich schlage vor, dass wir uns mal bei ihr zuhause umschauen, die Spurensicherung sollte dort fertig sein. In ihrem Büro werden wir jetzt wohl niemanden mehr erreichen.«

»Dann lass uns losfahren. Aus dem Labor werden wir heute wahrscheinlich eh nichts mehr hören.« Kurz bevor sie aufbrechen wollten, schrillte erneut das Telefon. Maria wartete gespannt darauf, was Goselüschen, der sich eifrig Notizen machte, ihr gleich über das Gespräch mitteilen würde.

»Alles klar, vielen Dank«, verabschiedete er sich und drehte sich zu Maria um. »Das waren die Kollegen aus Hannover. Sie waren bei den Eltern der Claaßen und haben ihnen die Mitteilung über den Tod ihrer Tochter überbracht. Sie hätten sie das letzte Mal vor etwa zwei Monaten gesehen.« Maria nickte und war zufrieden über das Zusammenspiel der verschiedenen Polizeidienststellen. Ohne viel Bürokratie konnten sie die Kollegen in der Landeshauptstadt von dieser Amtshilfe mit nur einem Anruf überzeugen, den Eltern des Opfers, die dort lebten, einen Besuch abzustatten. »Die Mutter meinte, wir sollten uns an eine Susanne Klar wenden. Das sei die beste und einzige Freundin ihrer Tochter, von der sie wüsste. Die Telefonnummer und Adresse hab ich hier.« Er winkte mit seinem Notizblock.

»Wo finden wir sie?«

»Sie wohnt ebenfalls in der schönsten Stadt der Welt, nur zehn Minuten von der Wohnung Claaßens entfernt.«

»Dein Ernst?«

»Ja, es sind nur zehn Minuten«, antwortete er, als ob er nicht genau wüsste, dass sie auf Emden anspielte. »Und nun los, sonst wird das nie etwas mit Feierabend heute.« Bevor sie zum Wagen gingen, machten sie einen kleinen Umweg und ließen sich eine Aufstellung der sichergestellten Spuren aus der Wohnung von Friederike Claaßen geben.

***

Sie fanden Claaßens Bleibe in einem aufgeräumten und gereinigten Zustand vor.

»So gehört sich das, wenn man in den Urlaub fährt«, merkte Maria an.

»Wenn du meinst«, erwiderte Goselüschen lapidar und nahm die Liste der Spurensicherung zur Hand. »Sie haben auch hier weder ein Smartphone noch einen Computer gefunden. Das ist doch ziemlich merkwürdig, oder?« Maria prüfte derweil die Fußböden und Wände auf einen versteckten Tresor oder verborgene Fächer.

»Hm, allerdings. Gerade in ihrem Job erwartet der Normalbürger, dass sie technisch up to date ist.«

»Solange mein Steuerberater die neuesten Gesetze und Verordnungen bezüglich des Steuerrechts kennt, ist es mir zumindest völlig Latte, ob er das neueste Smartphone nutzt oder noch mit Wählscheibe telefoniert.« Maria prustete laut auf.

»Gose, ich rede von Normalbürgern – da bist du raus. Hm, hier ist nichts. Jetzt noch das Schlafzimmer, dann können wir weiter.« Doch auch dort wurde Maria nicht fündig, daher verließen sie die Wohnung und machten sich auf den Weg nach Uphusen, wo die Freundin der Ermordeten gemeldet war. Sie bogen nach der Autobahnabfahrt links ab und passierten im nächsten Moment bereits das Ortsschild.

»Da vorne rechts«, sagte Goselüschen und zeigte auf das Straßenschild, auf dem Brückhörn zu lesen war. Maria folgte den Weisungen und sogleich wurden sie auf der unebenen, schmalen Straße durchgeschüttelt.

»Mann, das ist ja schlimmer als die Oyther Straße in Vechta«, schimpfte Maria und Goselüschen stimmte ihr schweigend zu.

»Hier ist es, Nummer 4. Dort kannst du parken.« Sie lenkte den Wagen auf die freie Fläche gegenüber der zugewucherten Auffahrt.

»Das ist ja ein niedliches Häuschen. Warum hab ich so eines nicht gefunden?«

»Weil du nicht richtig gesucht hast, nehme ich an.«

»Wollen Sie zur Susanne?«, schallte eine weibliche Stimme vom Garten des Nachbargrundstückes, bevor die beiden die Haustür erreicht hatten.

»Ja, ist sie nicht da?«, wollte Maria wissen.

»Nee, die is im Urlaub. Thailand oder Tahiti, irgendwas mit T jedenfalls. Keine Ahnung, warum die jungen Dinger immer soweit wech müssen, wo wir doch alles hier haben, was man braucht.« Jetzt erst konnte Maria die vielleicht 70-jährige Frau erkennen, die mit einem Kopftuch bekleidet zwischen zwei Koniferen Unkraut jätete.

»Oh, und wissen Sie, seit wann sie schon im Urlaub ist?«

»Na klar, schließlich muss ich mich ja um ihre Blumen kümmern. Sie ist seit etwa einem Monat fort und kommt in drei Wochen wieder. Die hat ein Leben, was?« Goselüschen und Maria warfen sich einen kurzen Blick zu.

»Danke und schönen Tag noch«, sagte Maria und auch dieser Ausflug war schnell beendet.

»Die wird uns wohl nicht weiterhelfen können. Bleibt jetzt nur noch ihre Mitarbeiterin.« Er kramte in seinen Notizen. »Hier hab ich sie, wohnt in Constantia. Du kannst erstmal wieder auf die Autobahn Richtung Emden, ich sag dir, wann wir abfahren müssen.«

»Hoffentlich ist sie nicht ebenfalls im Urlaub, dann würde es dünn werden mit irgendwelchen Spuren«, sagte Maria, während sie den Wagen über die Buckelpiste in Richtung der Durchgangsstraße bugsierte.

»Ohne die Ergebnisse aus dem Computer und denen des Labors werden wir eh nicht sehr weit kommen. Aber warum sollten wir zweimal Pech haben?«

***

Vanessa Voigt hielt sich die Hand vor den offenen Mund:

»Was sagen Sie, Frau Claaßen ist tot? Oh, mein Gott.« Sie erzitterte am ganzen Körper, nachdem ihr die Kommissare das Schicksal ihrer Chefin mitgeteilt hatten.

»Ja, sie wurde vor einer Woche ermordet«, sagte Goselüschen.

»Ich muss mich hinsetzen«, erwiderte sie und ließ sich auf den breiten Sessel neben der Couch fallen, auf der Maria Platz genommen hatte. »Das erklärt natürlich, warum ich sie nicht auf dem Handy erreichen konnte«, fuhr sie nach einer kurzen Pause fort.

»Wann haben Sie Frau Claaßen zuletzt gesehen?«

»Vor zwei Wochen ungefähr. Warten Sie, Frau Kommissarin, ich sehe schnell nach.« Sie erhob sich, verschwand mit schnellen Schritten aus dem Wohnzimmer und kehrte nach wenigen Sekunden mit ihrem Smartphone zurück. Mit nervösen Fingern wischte sie über das Display. »Hier. Am vorletzten Freitag. Da war mein letzter Arbeitstag vor dem Urlaub. Sie blieb etwas länger als ich. Gegen 17 Uhr hatte ich Feierabend.«

»Sie sagten, Sie haben Frau Claaßen versucht, anzurufen? Hatte sie denn ein Smartphone?«

»Natürlich, wo denken Sie hin!«

»Mh, merkwürdig. Egal, kommen wir zur Sache: Warum wollten Sie Frau Claaßen erreichen? Standen Sie sich privat näher?«

»Nein, überhaupt nicht«, antwortete sie schnell, »aber ich mache meist während unseres Urlaubs einmal in der Woche den Briefkasten leer und höre den Anrufbeantworter ab, wenn ich nicht gerade verreist bin. Und darauf hatte ein wichtiger Klient mehrfach eine Nachricht hinterlassen. Er hätte es schon vergeblich über ihre Mobilnummer versucht. Jetzt ist mir natürlich klar, warum wir beide sie nicht erreichen konnten.«

»Okay«, sagte Goselüschen und machte Notizen. »Wissen Sie etwas über Frau Claaßens privaten Umgang? Kennen Sie Freunde von ihr? Hatte sie einen festen Freund?«

»Nein, wie gesagt, ich hatte mit ihr privat überhaupt nichts zu tun. Ehrlich gesagt kann ich mir nicht vorstellen, dass sie einen Partner hatte. Sie müssen wissen, wenn Frau Claaßen nicht einen ihrer wenigen Urlaube hatte, verbrachte sie meist 14 bis 15 Stunden in der Kanzlei.«

»Das Leid der Selbstständigen«, seufzte Goselüschen.

»Ist Ihnen bekannt, ob Frau Claaßen Feinde hatte?«, wollte Maria wissen.

»Hm, Feinde ... keine Ahnung. Sie war sehr straight, das heißt, sie nahm nie ein Blatt vor den Mund und eckte sicher hier und da an. Aber sie war nicht bösartig oder so.«

»Wir haben weder in ihrer Ferienwohnung noch bei ihr zuhause ein Smartphone oder einen Computer finden können. Hat sie eventuell Arbeit und Privatleben streng getrennt und außerhalb ihres Berufslebens auf sämtliche Erreichbarkeit verzichtet?« Vanessa kräuselte die Stirn.

»Was? Nein, das denke ich nicht. Frau Claaßen hatte ihr Handy immer dabei und für unterwegs nutzte sie einen kleinen Laptop, so einen, bei dem man die Tastatur einklicken kann. Sie musste immer alles im Blick behalten mit der Firma.«

»Gut, Frau Voigt, es wäre nett, wenn Sie uns jetzt zur Kanzlei begleiten und die Tür aufschließen. Die Spurensicherung wird sich die Räume genau ansehen. Sie haben doch einen Schlüssel?« Vanessa nickte.

»Klar, wie sollte ich sonst an den Anrufbeantworter kommen?«

»Stimmt auch wieder«, sagte Maria, worauf sie sich erhob, während Goselüschen die Kollegen benachrichtigte.

***

Sie trafen gleichzeitig mit der Spurensicherung am Bürokomplex ein, in dessen dritter Etage Friederike Claaßen die Räume für ihre Steuerberatungskanzlei gemietet hatte. Der uniformierte Sicherheitsangestellte erkannte Vanessa sofort und öffnete ihr und den Polizisten die breite, verglaste Haupteingangstür.

»Guten Abend, Vanessa, ist Ihr Urlaub schon beendet?« Er lächelte breit und hielt die Tür auf.

»Hi, Max, nein, die Herrschaften —«

»Hauptkommissarin Fortmann von der Kriminalpolizei Aurich«, unterbrach Maria, stellte auch Goselüschen vor und bedeutete Vanessa und den Leuten der Spurensicherung, vorzugehen. Goselüschen blieb neben ihr stehen. Der Mann von der Security zeigte einen erstaunten Gesichtsausdruck.

»Polizei? Was kann ich für Sie tun?«

»Sie scheinen ein gutes Personengedächtnis zu haben. Kennen beziehungsweise erkennen Sie alle Beschäftigten in diesem Haus? Das müssen doch etwa hundert sein.« Max lächelte und ging langsam mit den beiden Kommissaren in Richtung seines Arbeitsplatzes, einer Anmelde-Theke, auf der mehrere Monitore und Telefone installiert waren.

»Ich bemühe mich. Ich denke, dass ich zumindest die erkenne, die länger als ein paar Monate einen Job in einer der Firmen behalten.«

»Dürfen wir uns die Überwachungsbänder vom Freitag vor zwei Wochen einmal ansehen?«

»Herr Goselüschen, ich darf Ihnen doch nicht einfach die Aufnahmen zeigen. Das wissen Sie doch selbst«, antwortete er freundlich. »Worum geht es überhaupt?«

»Friederike Claaßen wurde ermordet und wir wollen herausfinden, wann und wer sie zum letzten Mal lebend gesehen hat.« Dem überraschten Blick nach zu urteilen ging Maria nicht davon aus, dass Max es bereits wusste.

»Was? Warum? Wieso?«, stotterte er und setzte sich wie in Zeitlupe auf seinen Arbeitssessel.

»Um das herauszufinden, sind wir hier«, sagte Goselüschen. Max pustete tief durch.

»Das ist ja unfassbar. Wer tut nur sowas? Warten Sie, um welchen Tag genau geht es?« Er drehte sich zu einem Turm von sechs Monitoren, zwei nebeneinander, drei übereinander, und guckte wartend zu den Polizisten. Maria nannte ihm das genaue Datum.

»Es geht um den Abend. Frau Voigt sagte, sie ging am frühen Abend und Frau Claaßen wäre noch im Büro geblieben.«

Etwas verunsichert fragte Max, ob sie ihm ihre Dienstausweis zeigen würden.

»Die Vorschriften, Sie müssen verstehen ...«

»Kein Problem«, erwiderte Maria mit einem Lächeln.

Gebannt folgten sie den Videoaufnahmen, die den Eingangsbereich mit der Tür zeigten. Gemäß der mitlaufenden Datums- und Uhrzeitanzeige im rechten oberen Eck des Bildschirms konnten sie sehen, dass Claaßen das Gebäude um 21:06 Uhr allein verlassen hatte. Nach einem Schwenk auf die Außenkamera konnten sie ihr auf dem Weg in Richtung des Parkplatzes folgen.

Sie bedankten sich bei Max und schritten zum Fahrstuhl.

»Was hast du dir von den Bändern erhofft? Zwischen dem Tag und dem ihres Todes lag fast eine Woche.« Goselüschen zuckte mit den Schultern.

»Ich hatte die Hoffnung, dass sie vielleicht von jemandem erwartet wurde. Pech gehabt.«

»Auf jeden Fall ist sie an diesem Tag nicht mehr rüber nach Norderney, um die Zeit gibt es laut Plan keine Fähre mehr.«

»Nein«, bestätigte Goselüschen. »Schauen wir mal, ob wir im Büro etwas finden.«

Ein Kollege wartete bereits an der Tür zur Kanzlei.

»Was genau sollen wir checken?«

»Wir brauchen alles, wo Konversation zu finden sein könnte: ihren Rechner, Terminkalender, Notizen und so weiter.«

Die Arbeiten dauerten etwa eine halbe Stunde. Maria bot Vanessa an, sie wieder nach Hause zu fahren, was sie jedoch dankend ablehnte.

»Ich muss auf den Schreck in die Stadt und etwas trinken. Arbeiten muss ich ja morgen nicht.« Sie lachte verzweifelt auf und ihre Augen füllten sich mit Tränen.

»Kommen Sie zurecht?«, fragte Maria mitfühlend. Vanessa schniefte und nickte anschließend.

»Geht schon, danke.«

»Übertreiben Sie es nicht mit den Drinks, es könnte sein, dass wir morgen weitere Fragen haben«, sagte Goselüschen neutral.

»Ich geb mein Bestes.«

Sie sahen der Mitarbeiterin des Opfers hinterher, die in Richtung des Busbahnhofs lief, und machten sich selbst auf den Heimweg.

»Ich habe im Urin, dass wir morgen einen harten Tag haben werden.«

»Das wird auch langsam Zeit. Bei den bisherigen Hilfs-aufgaben kam ich mir ja schon vor wie eine Streifenpoli-zistin.«

Kapitel 6

Goselüschen stürmte mit einem Zettel winkend ins Büro.

»Wir haben einen Treffer bei den Fingerabdrücken!«

»Guten Morgen erstmal«, sagte Maria und sah ihn erwartungsfroh an. »Ich höre.«

»Ja, moin.« Er legte den Zettel vor sie auf den Schreibtisch und stellte sich neben sie. »Die einzigen Abdrücke außer denen des Opfers selbst und denen der Haushaltshilfe, die das System zuordnen konnte, stammen von Ralf Staller. Er ist vor Kurzem aus der Haft entlassen worden. Saß zweieinhalb Jahre ein wegen Steuerhinterziehung. Und hier, guck.« Er zeigte auf den unteren Abschnitt des Papiers, auf dem die Informationen über den Fall Staller zusammengefasst waren.

»Friederike Claaßen war seine Steuerberaterin«, sagte Maria. »Er musste brummen, weil sie ihre Arbeit nicht richtig gemacht hatte, dann kam er raus, suchte sie auf und brachte sie um?«

»Möglich wär´s. Am besten fragen wir ihn selbst. Ich lasse ihn gerade herbringen.«

»Sehr gut. Ich habe gerade mit der Telefongesellschaft gesprochen. Mit dem Handy von der Claaßen wurde das letzte Mal an ihrem Todestag telefoniert. Natürlich wurden die Daten bereits gelöscht.«

»Wir sollten versuchen, es zu orten.«

»Darauf habe ich vorhin bereits Karl-Heinz angesprochen, er kümmert sich darum.« Wie auf Befehl streckte dieser genau in dem Moment seinen Kopf durch die Tür.

»Fehlanzeige wegen der Nummer, Maria, das Handy scheint tot zu sein.

»Mann, wär ja auch zu einfach gewesen. Dank dir«, sagte sie und Waldner rauschte so schnell ab, wie er erschienen war.

Wenig später informierte ein weiterer Kollege die Kommissare, dass Ralf Staller soeben in den Verhörraum 3 gebracht worden war. Der hochaufgeschossene, attraktive Mann trug einen dunklen Anzug und glänzende Lederschuhe. Er warf Maria und Goselüschen einen finsteren Blick zu, als sie den Raum betraten und ihm gegenüber Platz nahmen.

»Ich hoffe, Sie haben einen guten Grund dafür, mich mit GESTAPO-Methoden von meiner Arbeitsstelle abzuführen.«

»Moin, Herr Staller«, sagte Goselüschen ruhig. »Ich kann mir beim besten Willen nicht vorstellen, dass meine Kollegen auch nur annähernd so vorgegangen sein sollen. Aber Sie wollten wissen, warum Sie hier sind. Kennen Sie eine Friederike Claaßen?« Maria wusste es nicht zu deuten, nahm aber deutlich wahr, dass bei dem Namen ein kurzes Lächeln über Stallers Gesicht huschte, welches sofort wieder verschwand.

»Ja, ich kenne sie. Warum?« Goselüschen ignorierte seine Frage.

»Wo waren Sie am vorletzten Sonntag?«

»Sagen Sie mir doch erstmal, was los ist.« Er rutschte unruhig auf seinem Stuhl hin und her.

»Friederike Claaßen wurde ermordet«, schaltete sich Maria ein.

»Was? Wann, am vorletzten Sonntag?« Schweißperlen erschienen wie aus dem Nichts auf seiner Stirn.

»Ganz genau. Würden Sie jetzt bitte meine Frage beantworten?«

»Ich war zu Hause. Allein«, sagte er nach einer kurzen Pause. Maria wechselte einen kurzen Blick mit Goselüschen.

»Wie war Ihr Verhältnis zu Frau Claaßen?«

»Sie ist, war meine Steuerberaterin«, erwiderte er knapp.

»Soso, und wann haben Sie sie das letzte Mal gesehen?«

»Ich weiß nicht, vor ein paar Wochen.« Er fuhr sich mit der Hand durch das Gesicht.

»Okay, dann sage ich Ihnen mal, wie ich mir das vorstelle«, begann Goselüschen. »Sie haben gebrummt, weil Frau Claaßen Sie falsch beraten hat, und sobald Sie draußen waren, haben Sie sich einen guten Zeitpunkt gesucht, sie zu ermorden, um sich für die zweieinhalb Jahre zu rächen.«

»Mann, Sie spinnen doch! Klar, Sie haben sich das Ganze schön zusammengereimt. Die Frau hat dem Mann 30 Monate seines Lebens geraubt, also machen wir den Sack zu, Fall gelöst. Aber hören Sie: Ich bin kein Mörder!«

»Wir haben Ihre Fingerabdrücke am Tatort gefunden. Im Wohnzimmer und im Schlafzimmer, wo Sie es wahrscheinlich getan haben«, warf Maria ein.

»In welchem Schlafzimmer? Wo soll das denn bitte gewesen sein?«

»In ihrem Ferienhaus auf Norderney. Herr Staller, jetzt wäre ein guter Moment, reinen Tisch zu machen.«

»Ich will einen Anwalt! Vorher sage ich kein Wort mehr.«

»Wie Sie wollen.« Goselüschen und Maria ließen den Verdächtigen seinen Anruf machen.

Nachdem der Rechtsanwalt über die Vorwürfe in Kenntnis gesetzt und mit seinem Mandanten darüber gesprochen hatte, saßen sie sich erneut gegenüber.

»Okay, Herr Staller, dann fangen wir nochmal von vorne an«, sagte Goselüschen und der Anwalt nickte Staller zu.

»Gut, also als Erstes: Ich habe Friederike, also Frau Claaßen, nicht zuletzt vor ein paar Wochen gesehen, sondern am Morgen ihrer Ermordung.«

»Fahren Sie fort«, bat Maria.

»Sie müssen wissen, ich wurde damals nicht wegen ihr verurteilt, sondern trotz ihr.« Goselüschen drückte den Rücken durch.

»Das müssen Sie uns erklären.«

»Ja, sie hatte mir davon abgeraten, meine Spekulationsgewinne über mehrere hunderttausend Euro über ein ausländisches Konto abzuwickeln. Ich habe ihre Ratschläge dummerweise in den Wind geschlagen. Das Ende vom Lied war dann trotz einer Selbstanzeige, dass ich in den Knast musste. Aber ich wiederhole: Frau Claaßen traf daran überhaupt keine Schuld.«

»Das kann ich bezeugen«, schaltete sich der Anwalt ein. »Ich habe seinerzeit Herrn Staller vertreten und diese Aussage spiegelt exakt die Tatsachen von damals wider.«

»Nehmen wir an, es verhielt sich so. Warum waren Sie am Tattag bei ihr?«

»Das kann ich erklären, Frau Kommissar. Ich hatte ein paar dringende Fragen wegen einer geschäftlichen Transaktion. Da sie jedoch nicht in der Kanzlei war, lud sie mich kurzerhand in ihr Ferienhaus ein. Dort führte dann eins zum anderen und ich blieb über Nacht.«

»Hatten Sie eine Affäre?«, wollte Goselüschen wissen. Staller lachte kurz auf.

»Nein, ich glaube nicht, dass sie jemals eine Affäre oder gar Beziehung gehabt hat. Sie müssen wissen, Friederike war sehr attraktiv und wusste das ganz genau. Obendrein war sie so selbstbewusst, wie ich es bei kaum jemand anderem je erlebt habe. Kurzum: Wenn sie etwas wollte, nahm sie es sich. Und am besagten Abend wollte sie offensichtlich mich.« Er sackte etwas in sich zusammen, bevor er weitersprach. »Es wäre mir aber sehr lieb, wenn das nicht bekannt werden würde, denn ich habe eine neue Freundin, die darüber sehr verärgert wäre.«

»Erwähnte Frau Claaßen, dass sie an diesem Tag noch jemanden erwartete? Oder haben Sie jemanden gesehen, der nach Ihnen zum Haus gegangen ist?«

»Tut mir leid. Sie ist nicht so der gesprächige Typ. Nach dem Sex hat sie mich aufs Sofa geschickt. Ich bin morgens raus, bevor sie wach war.«

»Sie sagen, Sie hätten Frau Claaßen am Morgen verlassen. Mit welcher Fähre sind Sie gefahren? Und kann das irgendjemand bestätigen?«

»Irgendwann gegen 10 Uhr war das. Ich habe zu Hause sicher noch die Fahrkarte, es war ja schließlich eine Dienstreise.« Er lachte hilflos. »Auf dem Weg zurück habe ich getankt, fällt mir gerade ein. Da hatte ich ein Gespräch mit einer Angestellten. Vielleicht kann die sich an mich erinnern.« Staller nannte die Straße, an der die besagte Tankstelle lag, was Goselüschen aufschrieb. Kurz darauf sahen sie Staller und seinem Rechtsbeistand hinterher, als diese die Polizeidienststelle verließen.

»Was meinst du?«

»Vom Gefühl her glaube ich ihm. Gut, wenn er sie gleich am Morgen umgebracht hat, wäre das sogar noch im Zeitfenster von Dr. Hallig.« Sie zuckte mit den Schultern. »Aber wir haben ja noch von mindestens zwei Personen Fingerabdrücke im Haus des Opfers gefunden, die nicht im System sind.«

»Jo, und wenn die Putze ihren Job ordentlich gemacht und sie vor dem Eintreffen Claaßens alles gesäubert hat, ist die Wahrscheinlichkeit hoch, dass einer davon unserem Mörder gehört.«

»Trotzdem sollten wir ihn im Auge behalten und nochmal etwas tiefer graben. Auch wenn er kein Motiv zu haben scheint.«

»Ich rede mal mit der Staatsanwaltschaft, ob wir eine Telefonüberwachung genehmigt bekommen.« Kaum ausgesprochen, hatte er bereits den Hörer in der Hand und tippte die Nummer ins Gerät.

Kapitel 7

Eine Woche verging, in der die Ermittlungen stagnierten. Die Telefonüberwachung Stallers blieb ergebnislos. Seine Aussage bezüglich des Gespräches mit einer Mitarbeiterin der Tankstelle wurde nicht nur von dieser bestätigt, sie zeigte den Beamten sogar das Überwachungsvideo, welches ihn beim Betanken seines Wagens gegen 11 Uhr des Tattages zeigte. Die Recherchen bezogen auf die Rolle Friederike Claaßens bei seiner damaligen Verurteilung bestätigten ebenfalls seine Aussage und die seines Verteidigers. Somit war für Maria und Goselüschen klar: Ralf Staller hatte kein Motiv.

»Das ist doch zum Kotzen«, sagte Maria und schlug mit der Faust auf die Schreibtischplatte. Sie erschrak, als zeitgleich das Telefon läutete. Goselüschen schmunzelte und griff nach dem Hörer.

»Oberkommissar Goselüschen, Kriminalpolizei Aurich.« Er zog die Augenbrauen nach oben. »Einen Moment bitte, Frau Klar.« Maria wurde hellhörig, als sie den Namen der Freundin ihres Opfers hörte. Nachdem Goselüschen den Lautsprecher angeschaltet hatte, erklang die unklare Frauenstimme, entgegen ihrem Namen, was wohl an der schlechten Verbindung lag.

»Tut mir leid, dass ich mich jetzt erst melden konnte. Ich war eine Zeit lang im Dschungel Kambodschas unterwegs. Da gibt es keinen Empfang.«

»Kein Problem, Frau Klar, danke, dass Sie anrufen«, sagte Goselüschen. Er hatte ihr seit dem Tod ihrer Freundin mehrfach aufs Band gesprochen.

»Ich kann das alles immer noch nicht fassen. Und wenn ich bedenke, dass ich wahrscheinlich kurz vor ihrer Ermordung noch mit ihr gesprochen habe –«

»Wie meinen Sie das? Wann haben Sie mit ihr gesprochen?«, hakte er sofort nach.

»Nun, Sie haben mir doch auf meinen AB gesprochen, dass es wahrscheinlich am frühen Abend dieses Sonntags passiert sein müsste. Und ich habe noch gegen 16 Uhr nach eurer Zeit mit ihr telefoniert.«

»Damit ist Staller definitiv raus«, sagte Maria mehr zu sich selbst.

»Worüber haben Sie sich unterhalten, Frau Klar? Denken Sie bitte gut nach, jedes Detail könnte hilfreich sein.« Nach einer kurzen Pause begann sie:

»Eigentlich nur über unnutzes Zeug. Aber halt, sie erzählte mir, dass sie am Abend noch Besuch erwartete – Herrenbesuch.« Das muss unser Mann sein, dachte Maria, und Goselüschen schien dasselbe zu denken.

»Konzentrieren Sie sich. Hat sie einen Namen fallen lassen oder woher sie ihn kannte? Irgendetwas, womit wir arbeiten können?«

»Tut mir leid«, erwiderte Susanne Klar, »sie hat mir nichts Genaueres zu dem Treffen erzählt. Ich weiß nur, dass sie öfter mal Dates mit irgendwelchen Kerlen hatte. Aber fragen Sie mich nicht, woher sie die kannte. Über das Thema Männer redeten wir eigentlich immer nur oberflächlich, da sie nie an einer echten Partnerschaft interessiert war.« Goselüschen sah zu Maria, die mit den Schultern zuckte.

»Vielen Dank für Ihren Anruf. Mal schauen, ob die Informationen uns weiterbringen. Auf Wiederhören.«

»Okay, das entlastet den Staller, aber wie kommen wir an den ominösen Besucher heran?«, sagte Maria, nachdem ihr Partner das Gespräch beendet hatte. Während sie darüber sinnierten, erschien eine Kollegin und übergab ihnen einen braunen Umschlag.

»Das sind die Laborergebnisse.«

»Danke Astrid«, sagte Goselüschen und öffnete das Kuvert.

»Braucht ihr mich noch?«

»Nein, danke dir«, erwiderte Maria und schaute der rothaarigen Polizistin hinterher.

»Hier spielt die Musik, Blondie.«

»Ist ja gut, aber du musst zugeben, dass sie wirklich einen netten Po hat.« Goselüschen lachte kurz auf.

»Ja mei, da hat der Sexismus endlich den Schritt in die Gleichberechtigung geschafft. Hör zu: Wie erwartet fanden sich Spuren von fünf verschiedenen Personen: Die des Opfers, der Haushälterin, Stallers und einer weiteren Person quasi in allen Räumen. Die von der fünften Person konnten lediglich im Schlafzimmer sichergestellt werden.«

»Und von wem stammt der Inhalt des Präservativs?« Goselüschen fuhr mit dem Finger über das Dokument.

»Ah, hier. Das Sperma stimmt mit der DNS von einer der beiden Unbekannten überein.«

»Okay, also sind von einem Unbekannten etliche Spuren inklusive des gefüllten Kondoms zu finden. Vom zweiten fanden sie wie viele Spuren?« Goselüschen überflog abermals den Bericht.

»Einen Fingerabdruck und zwei Haare von einem halben Zentimeter Länge.«

»Und sonst nichts? Da mutmaße ich mal ins Blaue, dass diese Spuren von einem älteren Besuch stammen und von der Haushälterin übersehen wurden. Ich denke, der Unbekannte Nummer eins ist unser Mann.«

»Wenn sich der Zweite nicht wie aus dem Nichts im Schlafzimmer materialisiert hat, stimme ich dir zu. Es bleibt einzig die Frage, wie wir an ihn rankommen.«

***

Die Nacht war gut. Deutlich besser als letztens bei der Schlampe auf der Insel. Der Mann mit der halbmondförmigen Narbe fuhr sich mit der Hand durch die Haare, während er sich im Rückspiegel seines Wagens betrachtete. An sich wäre das Mädel von heute auch für eine zweite Nacht ganz brauchbar gewesen. Sie war biegsam und geschmeidig und sie machte keine Zicken bei seinen besonderen Wünschen. Er lachte auf. Natürlich würde es kein Wiedersehen geben – es gab niemals eines.

Er startete das Fahrzeug und fuhr über das holprige Kopfsteinpflaster, bis er die Kreuzung zur Landstraße erreichte. In weniger als 30 Minuten würde er zuhause sein. Er würde sich waschen, gründlich waschen, und in sein Schlafzimmer gehen. Bei dem Gedanken daran, dass ihn seine Frau vor über einem Jahr ausquartiert hatte – sie würde sein Schnarchen nicht mehr ertragen – durchfuhr ihn eine Welle des Zorns. Diese dumme Kuh, zehn Jahre hatte es sie nicht gestört und plötzlich war alles anders. Und das nur wegen eines läppischen Seitensprungs, von dem sie zufällig erfahren hatte. Das würde nie wieder passieren, dafür würde er sorgen.

Das Bild des fassungslosen und ängstlichen Gesichtsausdruckes jedoch, mit dem ihn die Frau heute Abend verabschiedete, ließ seine Laune schlagartig wieder besser werden.

Er ließ die Stadt hinter sich, drehte die Musik laut und drückte das Gaspedal durch. Er fühlte sich unendlich frei, wie jedes Mal.

***

Ohne anzuklopfen betrat Waldner das Büro und bevor Goselüschen diesbezüglich einen Spruch loslassen konnte, ratterte er bereits los:

»Ich hab da was für euch. Ist gerade reingekommen. Eine Frau wurde mutmaßlich erstickt in ihrer Wohnung aufgefunden. Eigentlich sollte ich ja da hin, aber ich könnte mir vorstellen, dass es mit eurem Fall zusammenhängt. Die Spusi ist bereits auf dem Weg.«

»Hoffentlich hast du recht, Karl-Heinz. Wir treten momentan nämlich etwas auf der Stelle.« Er zwinkerte ihr zu.

»Immer gern, Frau Kollegin. Zugegebenermaßen passt mir das auch gar nicht in den Kram, ich muss gleich zu einem Handballspiel meiner Tochter.«

»Dann viel Spaß dabei. Wir stehen eh nicht so auf pünktlichen Feierabend, weißt du?«, erwiderte Goselüschen und wies mit der Hand auf sich und die ihm gegenübersitzende Maria.

»Na guck, ich werde auf meine alten Tage noch liebenswert«, scherzte er.

»Na na, nicht gleich übertreiben«, sagte Goselüschen und nachdem Waldner ihnen die nötigen Informationen gegeben hatte, brachen sie zum Tatort auf.

Es schien sich um die Gegend für Besserverdiener zu handeln, denn die Häuser und Grundstücke wurden zunehmend größer und die Zäune wirkten nach Marias Empfinden deutlich teurer als die, welche man um die Eigenheime der Ottonormalverbraucher herum zu sehen bekam. Das schick anzusehende, aber zum Befahren äußerst unangenehme Granitsteinpflaster vervollständigte das Bild. Von den Limousinen und überdimensionierten SUVs, die vor den Doppel- oder Dreifachgaragen parkten, ganz zu schweigen.

Thomas Husmann, der Leiter der Tatortgruppe, empfing sie an der Haustür des von Hecken und Bäumen sichtgeschützten Bungalows.

»Ah, ihr beiden, das trifft sich«, sagte er und winkte sie hinter sich her. »Das Opfer heißt Hanna Rasmussen, 39, ledig und stellvertretende Geschäftsführerin der Sparkasse Aurich-Norden hier in der Hauptstelle. Sie wurde von einem Mitarbeiter des Hausmeisterservices gefunden, den sie engagiert hatte, um die Dachrinnen zu säubern. Er wartet hinten im Streifenwagen.« Er deutete mit dem Kopf nach rechts. Sie standen jetzt im Schlafzimmer und der Anblick war beinahe eine Kopie dessen, was sie vor einigen Tagen auf Norderney gesehen hatten. Mit dem Unterschied, dass die Leiche noch deutlich frischer erschien. Doch auch hier lag ein Kopfkissen merkwürdig deplatziert neben der nackten blonden Frau, deren Decke bis zur Brust hochgezogen war.

»Das sieht ja schon wie ein Ritual aus – genau wie bei der Letzten.«

»Jo, daran dachte ich auch sofort. Tja, dass wir Ostfriesen kein nettes und friedliches Völkchen sind, weiß man doch nicht erst seit den Ostfriesenkrimis.«

»Und auf einen bestimmten Typ Frau scheint er auch zu stehen«, sagte Husmann, dem genau wie Maria und Goselüschen natürlich nicht entgangen war, dass sich die beiden Opfer in ihrem äußeren Erscheinungsbild sehr ähnelten.

»In der Tat, und nicht nur optisch. Beide waren erfolgreiche Karrierefrauen. Vielleicht ein Anti-Feminist?«

»Sehr witzig, Gose. Was sagt der Arzt?«, wollte Maria wissen.

»Seine Ersteinschätzung war Tod durch Ersticken und den Todeszeitpunkt vermutet er vor etwa 12 Stunden. Mehr bekommt ihr sicher heute Abend, wenn die Rechtsmedizin mit der Obduktion fertig ist.« Goselüschen sah zwischen Husmann und Maria hin und her.

»Schicke Bude. Damit dürfte mal wieder klar sein, dass wir den falschen Job haben.« Husmann schmunzelte und stimmte nickend zu.

»Was habt ihr sonst noch?«

»Ein Nachbar hat in der Nacht einen Wagen vom Hof fahren sehen. Allerdings konnte er weder den Fahrer noch den Wagen genauer beschreiben, lediglich, dass es sich um eine dunkle Limousine gehandelt hat und dass nur einer drinsaß. Kennzeichen Fehlanzeige, hat er nicht drauf geachtet. Ansonsten hat die Nachbarschaft wohl tief und fest geschlafen. Wie auf Norderney auch hier keine Spuren eines gewaltsamen Zutritts.«

»Aber wer so eine Hütte hat, der hat doch sicher ein Alarmsystem, Kameras etc.«

»Richtig, Peter, aber wie es der Teufel so will, war es deaktiviert.«

»Super«, stöhnte Goselüschen, während Maria bereits die Leiche und die Wohnung inspizierte.

»Hat der Doc gesagt, was das hier ist?«, wollte Maria wissen und deutete auf eine gerötete Stelle am Bauch des Opfers. Husmanns Augen folgten ihrem Finger.

»Nein, hat er nicht.«

»Okay.«

»Dann machen wir uns mal wieder vom Acker, sonst stehen wir euch und der Spurensicherung nur im Weg.«

»Warte, eine Frage noch: Das Handy des Opfers habt ihr nicht gefunden, oder?« Husmann stutzte und neigte den Kopf.

»Nein, woher wusstest du das?«

»Es war nur so eine Ahnung.«

54

»Ah ja, okay. Wir rücken dann ab.« Er drehte sich von den beiden weg und rief laut: »Abflug, die Damen und Herren!«

»Danke euch«, sagte Maria und bekam ein Lächeln Husmanns dafür, während die ersten Kollegen an ihnen vorbei nach draußen gingen.

»Wir sollten uns schnell die Daten ihres Handys holen, dieses Mal müssen sie einfach etwas für uns haben.«

»Ich kümmere mich darum. Befragst du den Hausmeister?« Goselüschen nickte, während Maria zu ihrem Smartphone griff.

***

Der Zeuge wartete bei seinem Firmenauto, nachdem der Streifenwagen weggefahren war. Goselüschen überflog dessen persönliche Daten und das, was er bereits der Tatortgruppe mitgeteilt hatte.

»Sie haben Frau Rasmussen also ganz zufällig entdeckt?«

»Ja, Herr Kommissar, ich musste mit der Leiter schließlich am ganzen Haus entlang. Und als ich – wirklich zufällig – einen Blick ins Schlafzimmer geworfen habe, dachte ich im ersten Moment, dass sie schlafen würde. Da hab ich oben die Rinne fertiggemacht und beim Runtergehen noch einmal reingesehen. Sie war sehr hübsch und ich bin auch nur ein Mann«, versuchte er, sich zu verteidigen.

»Darum geht es jetzt nicht, wir sind nicht von der Sitte. Mir persönlich ist es scheißegal, wem Sie wann auf den Arsch gucken. Also, was war dann?«

»Wie ich Ihrem Kollegen bereits gesagt habe, kam es mir komisch vor, weil sie so unbeweglich dalag. Und als ich genauer hingesehen habe, sah ich, dass ihre Augen halb geöffnet waren. Wenn sie aber wach gewesen wäre, hätte sie mir doch geöffnet, schließlich hab ich geklingelt. Jedenfalls wurde ich etwas nervös und klopfte ans Fenster. Ich hatte mir schon eine Ausrede zurechtgelegt, falls sie mich deswegen anmeckern würde.« Er lächelte schüchtern und schien auf eine Bestätigung Goselüschens zu warten.

»Fahren Sie fort«, sagte dieser lediglich.

»Nun, sie reagierte nicht, da wurde ich noch nervöser und klopfte richtig laut gegen die Scheibe. Dann habe ich die Polizei und den Rettungsdienst gerufen. Mehr kann ich Ihnen nicht dazu sagen.«

»Kümmern Sie sich nur um die Dachrinnen oder haben Sie hier noch andere Aufgaben? Die Alarmanlage zum Beispiel.«

»Alles rund um das Haus und den Garten. Aber nicht die Anlage. Ich bin kein Elektriker. Frau Rasmussen erzählte mir vor ein paar Tagen, dass die Firma kommen und sie wieder in Gang setzen würde. Die hat wohl bei dem Gewitter vor ein paar Wochen einen Schaden erlitten.« Goselüschen notierte wie üblich alles und entließ den jungen Mann. Maria kam ihm bereits entgegen, als er wieder in das Haus gehen wollte.

»Ich denke, wir können los. Die Spurensicherung ist instruiert.«

»Bei mir macht sich das Gefühl breit, dass wir vorankommen«, erwiderte er, worauf Maria ihn angrinste.

»Du kennst andere Gefühle als Hunger und Kaffeedurst?« Sie streckte ihm über das Dach des Dienstwagens hinweg ihre Zunge raus. Dann stiegen sie ein.

»Sehr witzig«, sagte er, während er sich auf den Beifahrersitz wuchtete und sie im Anschluss über die Aussage des Hausmeisters informierte.

Kapitel 8

Nicht nur Goselüschen hatte ein gutes Gefühl, auch Maria war bester Hoffnung, einen großen Schritt weiterzukommen. Gerade hatten sie die Nachweise des Telefonanbieters bekommen, über denen sie brüteten.

»Sehr umtriebig, die gute Frau«, stellte Goselüschen fest. Täglich wurden mehr als zehn Gespräche vom Handy Hanna Rasmussens aus dokumentiert, im Vergleich zu ihrem Festnetzanschluss, über den in den vergangenen sieben Tagen lediglich zwei Telefonate geführt wurden, und die laut der Nummer mit der Mutter des Opfers. Sie teilten die Daten auf und arbeiteten sie nach und nach ab. Nach intensiver Recherche im Internet und einigen Gesprächen mit den Anschlussinhabern von der Liste resümierte Maria:

»Viel habe ich nicht. Größtenteils handelt es sich um Kollegen anderer Filialen oder Geschäftspartner der Sparkasse. Hanna Rasmussen scheint nicht viel Privatleben gehabt zu haben.« Goselüschen schaute grimmig, seine Bemühungen ergaben ebenfalls keine nennenswerten Ergebnisse.

»Dito. Bis auf eine Freundin des Opfers, mit der sie in der letzten Woche einmal telefonierte. Aber vielleicht bringt uns das weiter: Sie sagte, dass Hanna Rasmussen ihr gegenüber mal fallengelassen hat, sich bei irgendeiner Dating-Seite im Internet registriert zu haben und darüber wohl hin und wieder jemanden traf. Leider wusste sie nicht, um welche es sich handelt.« Maria sah ihn über den oberen Rand ihres Ordners hinweg an. Datingportale kannte sie, zumindest einige davon. Sie selbst hatte sich in den letzten Jahren aus Langeweile und Neugier bei zweien davon angemeldet. Allerdings hatte sie davon schnell die Nase voll gehabt, obwohl sie sogar einmal jemanden darüber gedated hatte, was zu einem netten, einmaligen Gespräch führte, ihr jedoch zeigte, dass sie zu konservativ für diese Art der Bekanntschaftsanbahnung war.

»Hm«, erwiderte sie, »das ist tatsächlich ein Anhaltspunkt, den es sich zu verfolgen lohnen könnte. Es würde auch mit dieser Nummer zusammen passen.« Sie drehte den Ordner zu Goselüschen und tippte mit dem Finger auf eine Handynummer, mit der das Opfer am Tattag und dem davor für jeweils ein bis zwei Minuten telefoniert hatte.

»Der Anschluss ohne Namen?«

»Richtig, Gose, die nicht registrierte Nummer.« Goselüschen schüttelte den Kopf.

»Da sieht man, was diese bescheuerten Datenschutz- und Fernmeldegesetze bringen! Was bringt es, wenn man zwar in Deutschland kein Wegwerfhandy mehr kaufen kann, ohne seinen Ausweis vorzuzeigen, jedoch nur eben nach Kaaskoppland oder ins Reich Draculas fahren muss, um sich anonym eines zu besorgen, und damit unerkannt in Deutschland telefonieren kann?«

»Das ist wohl wahr, aber ich denke, dass die Niederlande demnächst nachziehen werden. Was Rumänien hingegen betrifft –«. Sie zuckte mit den Schultern.

»Hast du es bei der schon probiert?«

»Hältst du mich für einen Amateur oder was?«, fragte Maria und warf ihm einen finsteren Blick hinüber, der von einem Lächeln abgelöst wurde. Natürlich war sich Maria darüber im Klaren, dass jene Nummer möglicherweise dem Mörder Rasmussens gehörte und ein Anruf vom Anschluss der Kriminalpolizei aus ihn eher nicht dazu bewegen würde, sich freiwillig zu stellen und seine tödlichen Aktivitäten einzustellen. »Nehmen wir deines oder meines?« Sie deutete von ihrem Smartphone, welches in seiner pinken Schutzhülle vor ihr auf dem Schreibtisch lag, zu seinem Gerät, das sie irgendwo unter seinem Wust von Dokumenten vermutete.

»Lass mich mal«, sagte er und schaffte es zu ihrer Überraschung, innerhalb weniger Sekunden sein Handy zu finden. Er wischte über das Display und schaute fordernd zu ihr. Maria las die Nummer vor, die er darauf eingab. Gespannt lauschten sie der Frauenstimme, die über den Lautsprecher zu ihnen sprach:

»The number you have called is temporary not available.«

»Kacke«, entfuhr es Goselüschen und Maria dachte dasselbe. Sie griff zum Hörer des Tischtelefones und gab eine zweistellige Zahl ein.

»Hi, Sebastian, wir könnten hier mal deine Hilfe gebrauchen.« Sie legte auf und sagte zu ihrem Kollegen: »Er kommt sofort.«

***

»Na, hattest wohl wieder eine harte Nacht«, sagte Swantje zu ihrem Kollegen, als sie nebeneinander am Kaffeeautomaten warteten, bis dieser zischend und blubbernd ihren Cappuccino servieren würde.

»Alles gut, wie kommst du darauf?« Er schaute sie mit unschuldigem Blick an. Warum fragte sie das? War es so auffällig? Unwillkürlich rieb er über seine Narbe, die zu jucken begonnen hatte.

»Nur so, du siehst etwas fertig aus. Aber wenn alles gut ist, wunderbar.« Sie grinste ihn an, schnappte sich die volle Tasse, die eigentlich ihm zustand, wendete sich ab und schritt davon. »Du bist übrigens zu langsam«, rief sie ihm zu und lachte. Er ärgerte sich nur kurz und stellte eine weitere Tasse unter das Röhrchen, aus welchem noch die letzten Tropfen fielen.

Gestern Abend, dachte er, ja, das war gut. Aber er konnte sich keinen Reim darauf machen, warum man, warum sie ihm das ansah. Als er zuhause angekommen war, hatte er sich wie geplant nach der ausgiebigen Dusche recht schnell ins Bett geworfen und war, nachdem er seine Aktion mit der – wie hieß sie noch? Ach ja, Hanna – nachdem er seine Aktion mit Hanna bis ins kleinste Detail rekapituliert hatte, zufrieden und befriedigt eingeschlafen. Es ließ ihm keine Ruhe, daher ging er zur Toilette und betrachtete sich im Spiegel. Okay, die Augenringe waren sichtbar und sein Blick wirkte selbst für ihn etwas trüb. Er stellte seine Tasse auf den Seifenspender, spritzte sich kaltes Wasser ins Gesicht und fuhr sich mit feuchten Händen durch die Haare. So hatte er zumindest das Gefühl, etwas frischer zu wirken. Er schnappte sich die Tasse, öffnete die Tür und steuerte seinen Schreibtisch an.

✳✳✳

Der Tag entwickelte sich für Maria und Goselüschen immer besser.

»Der Computer zeigt eine Übereinstimmung der Fingerabdrücke von den beiden Tatorten.« Goselüschen reichte Maria den Ausdruck.

»Hervorragend. Leider ist er nicht im System. Aber wenn wir den richtigen Finger dazu finden, haben wir unseren Mann.« Sie schlug mit der Faust auf den Tisch. »Das werden wir doch wohl hinbekommen.« Goselüschen schaute erstaunt zu ihr hinunter.

»So mag ich meine Maria, wild und entschlossen«, sagte er und ließ einen kleinen Lacher folgen. »Aber was anderes: Der Doc ist fertig, wir können nach Oldenburg fahren.« Maria katapultierte sich aus dem Stuhl, worauf Goselüschen erschrocken zwei Schritte zurückwich.

»Worauf warten wir dann noch?« Sie ging an ihrem verdutzten Kollegen vorbei und stieß ihren Ellbogen in seine Seite. »Du sagtest doch gerade, du magst mich wild.« Diesmal war sie es, die lachte.

Dr. Hallig erwartete sie bereits. Er saß vor einem Computer und gab gerade seinen Bericht über die nächste Leiche ein, die ihm heute Nachmittag angeliefert worden war.

»Moin, Frau Fortmann, moin, Herr Goselüschen, da sind Sie ja.«

»Moin, Doc«, erwiderten die beiden und Maria sagte: »Wir sind gespannt.«

»Folgen Sie mir«, sagte Dr. Hallig, ging voraus zum Tisch, auf dem die Leiche Hanna Rasmussens in einem Leichensack lag, und entfernte die Folie von ihrem nackten Körper. »Der Tod trat durch Ersticken gestern zwischen 23 und 24 Uhr ein. Mutmaßlich auf dieselbe Art wie beim letzten Mal. Sie hatte zur Tatzeit einen Restalkoholgehalt von etwa 0,6 bis 0,7 Promille im Blut.«

»Also war sie leicht beschwipst.«

»Ja, bei ihrer Größe und ihrem Gewicht hatte sie wohl ein paar Glas Bier oder Wein getrunken. Ansonsten keine verdächtigen Spuren in den Körpersäften. Auch sie war, wie Friederike Claaßen, in einem guten gesundheitlichen Zustand. Auf der Rückseite des Kopfes ist ein Hämatom, das von einem Schlag mit einem stumpfen Gegenstand oder einem Aufprall stammt. Und wie bei dem letzten Opfer finden wir auch hier Würgemale.« Er deutete zum Hals Rasmussens. »Zusätzlich am Rücken mehrere Hämatome, die ebenfalls wie bei Friederike Claaßen vor Eintritt des Todes zugeführt wurden.«

»Was ihr auch nicht geholfen hat«, warf Goselüschen trocken dazwischen und erntete einen tadelnden Blick des Arztes. »Ich meine ihren guten gesundheitlichen Zustand«, fügte er entschuldigend hinzu, was Hallig ignorierte.

»Was ist hiermit?«

»Das, Frau Fortmann, ist eine Verbrennung. Und wenn ich es bestimmen müsste, würde ich sagen, dass sie von einem Elektroschocker her rührt.«

»Kann es nicht eine heiße Pfanne oder eine Herdplatte gewesen sein?«

»Nein, Herr Goselüschen. Sehen Sie —« Er winkte beide heran und schob ein Vergrößerungsglas über die Stelle am Bauch des Opfers. »Zwei einzelne Brandmarken auf engem Raum. Bei den von Ihnen genannten Dingen würden wir einen Streifen sehen.«

»Klingt logisch.«

»Ja, nicht wahr?«, scherzte Dr. Hallig. »Aber ich habe noch etwas für Sie: Zwei Fingernägel des Opfers sind abgebrochen und unter einem weiteren fanden wir dunkle Fasern, die bereits zum Labor unterwegs sind. Dafür bin ich kein Spezialist, aber ich vermute, sie stammen von der Kleidung ihres Mörders. Sie hat sich offensichtlich gewehrt.« Gemeinsam gingen die drei noch einmal den gesamten Bericht des Rechtsmediziners an dessen PC durch, bevor sich die Kommissare wieder auf den Weg nach Aurich machten.

***

Mit einem ernüchterten Ausatmen beendete Maria das Telefonat.

»Was ist los?« Goselüschen kam gerade rechtzeitig ins Büro, um Marias Enttäuschung mitzukriegen. Sie schüttelte den Kopf.

»Ich habe gerade mit der Mutter von der Claaßen gesprochen. Vorher hatte mir die Sparkasse freundlicherweise den letzten Lebenslauf Hanna Rasmussens, aktualisiert mit den Fortbildungen der letzten Jahre, rübergefaxt.

Ich bin mit Frau Claaßen alle Stationen durchgegangen, ob es irgendwelche Schnittstellen zwischen ihrer Tochter und der Rasmussen gegeben hat. Aber Fehlanzeige. Sie besuchten weder dieselben Schulen und Universitäten noch konnten wir beruflich eine Übereinstimmung feststellen.« Sie pustete sich eine Strähne aus der Stirn. »Wir werden woanders nach dem Zusammenhang suchen müssen.«

»Das wird schon. Ich setze große Hoffnungen in Sebastian.« Sie hatten Sebastian, den IT-Spezialisten ihres Kommissariates, darum gebeten, sich die anonyme Handynummer vom Gesprächsprotokoll Rasmussens und die Dienstcomputer beider Opfer nochmal genauer anzusehen.

»Dann lass uns beten, dass der Junge wirklich so viel drauf hat, wie Waldner behauptet.«

Kurz darauf meldete sich Sebastian, woraufhin Maria und Goselüschen unverzüglich sein Büro aufsuchten, das an eine Kommandozentrale einer geheimen Militäreinrichtung erinnerte. In dem fensterlosen, klimatisierten Raum blinkten und leuchteten zahllose grüne, gelbe und rote Lämpchen, ein paar auf dem Boden stehende Rechner surrten und auf einer Arbeitsfläche, die über Eck zwei Wände einnahm, sahen sie Monitor an Monitor.

»Fiese Luft hier drin«, sagte Maria naserümpfend.

»Moin erstmal, tretet ein in mein kleines Reich.« Sebastian, den Maria auf höchstens Mitte 20 schätzte, erfüllte mit seiner schlaksigen Figur, der Harry-Potter-Brille im blassen Gesicht und seinem sehr lässigen Kleidungsstil zumindest optisch jedes Nerd-Klischee. »Setzt euch.« Er deutete auf zwei Drehstühle.

»Ich bin gespannt, was du für uns hast«, sagte Goselüschen und ließ sich auf eine der angebotenen Sitzgelegenheiten fallen. Nachdem auch Maria sich niedergelassen hatte, zwängte sich Sebastian mit seinem Bürostuhl zwischen die beiden und begann sofort, auf einer der vielen beleuchteten Tastaturen zu tippen.

»Nun, ich habe ein paar schlechte, aber vielleicht auch ein paar gute Nachrichten für euch.«

»Hört, hört.«

»Als Erstes zu der Nummer – sorry, aber da kann ich nichts machen. Ich habe es noch ein paarmal versucht, jedoch ohne Erfolg. Der Ortungsversuch scheint zu bestätigen, dass die Nummer beziehungsweise die SIM-Karte tot ist. Entweder hat der Nutzer sie entfernt oder er hat gleich das ganze Handy geschreddert.« Goselüschen warf über Sebastian hinweg einen desillusionierten Blick zu Maria, die jedoch gebannt auf den Bildschirm starrte.

»Kann man nichts machen«, erwiderte sie, »aber du sagtest ja etwas von guten Nachrichten. Her damit!«

»Jo, also, ich habe es geschafft, mir Zugang zum privaten Emailkonto von Hanna Rasmussen zu verschaffen. Glücklicherweise hatte sie sich wohl regelmäßig von ihrem Dienstrechner dort eingeloggt. Na ja, ihr erwähntet vorhin ja etwas von einer Datinghotline oder so. Und da habe ich das gefunden.« Er scrollte zu einer Eingangsmail von vor einigen Monaten und öffnete sie.

»Ist es das, was ich glaube?«

»Ja, Maria, das ist die Bestätigungsmail der Registrierung von Hanna Rasmussen für die Dienste der Seite Eliteflirt.«

»Davon habe ich noch nie gehört«, sagte Maria überrascht und fügte auf die fragenden Blicke ihrer Kollegen hinzu: »Was? Ich hab den Markt aus Recherchegründen mal etwas näher untersucht.«

»Is klar«, sagte Goselüschen mit einem verschmitzten Lächeln. »Aber weiter, wir sind ja im Dienst.« Sebastian zeigte auf den Bildschirm rechts neben dem mit den Mails, auf dem sich binnen Sekunden die professionell gestaltete Homepage von Eliteflirt aufbaute.

»Ich kannte sie selbst auch nicht, wobei ich mich schon durch etliche gearbeitet habe«, sagte er, als ob es das normalste auf der Welt wäre, über das Internet nach einer Partnerin zu suchen. Und irgendwo hatte Maria gelesen, dass es statistisch mittlerweile tatsächlich eine erhebliche Anzahl an Partnerschaften gäbe, die virtuell entstanden wären. Vielleicht war sie auch zu alt und das Kennenlernen über direkten Kontakt wäre bald die Anbahnungsform, über die sich lustig gemacht werden würde.

»Wow, die sieht richtig gut aus. Die Designer haben´s drauf.«

»Ja, Maria, sie ist hervorragend gestaltet. Aber lasst euch nicht vom ersten Eindruck täuschen. Hier geht es nicht um den Partner für´s Leben, sondern um den Spaß für zwischendurch. Und die Zielgruppe scheint, wie der Name schon sagt, die betuchte Schicht zu sein.«

»Okay, dass es ums Vögeln geht, sehe ich«, sagte Goselüschen, nachdem er den Text auf dem Monitor weitestgehend erfasst hatte. »Aber woher die Vermutung mit den oberen Zehntausend?« Sebastian warf einen Seitenblick auf Goselüschen und klickte auf den Reiter mit dem Titel Preise, worauf sich ein zusätzliches Fenster öffnete. Goselüschen pfiff erstaunt und Maria rieb sich die Augen.

»Wow, das nenne ich wirklich exklusiv«, sagte sie nach dem Studium der Preisliste.

»2000 Euro pro Jahr für Männer und 500 für Frauen? Wo bleibt da denn wieder die Gleichberechtigung?«

»Zum einen ist es normal, dass Männer für Datingportale tiefer in die Tasche greifen müssen«, erklärte Sebastian wie selbstverständlich, »und zum anderen könnte es daran liegen, dass Gleichberechtigung dort, wo die Betreiber der Seite herkommen, nicht auf der Agenda steht.« Er klickte den Reiter Impressum an und sie konnten sehen, dass das Unternehmen seinen Sitz in der Türkei hatte.

»Na toll«, sagte Maria. »Ausgerechnet die Türkei. Wo wir mit denen momentan ja so fantastische politische Beziehungen pflegen.« Sebastian machte eine entschuldigende Geste.

»Ja, das gehört sicher zu den schlechten Nachrichten. Aber damit ihr nicht gänzlich niedergeschlagen gehen müsst, habe ich noch das für euch.« Wieder tippte er einige Befehle in den Rechner und auf dem Bildschirm, der eben noch das Postfach Hanna Rasmussens gezeigt hatte, öffnete sich wie von Geisterhand die aktuelle Kreditkartenabrechnung von Friederike Claaßen. Sebastian scrollte etwas herunter, bis er bei einem Posten verharrte, mit dem Cursor auf Details ging und sich ein weiteres Fenster darstellte.

»500 Euro auf ein türkisches Konto. Das kann, muss aber nicht für die Dating-Seite gewesen sein.«

»Richtig, Maria, aber warte.« Kurz darauf zeigte er ihnen eine Abbuchung über denselben Betrag an die exakte Adresse vom Kreditkartenkonto des anderen Opfers.

»Das ist doch kein Zufall mehr, oder?«, meinte Goselüschen. Sebastian lächelte wissend.

»Nein. Ich habe es überprüft. Die Bankverbindung gehört eindeutig zu dieser Seite. Aber fragt besser nicht, woher ich das weiß.«

»Verstehe«, sagte Maria und zwinkerte ihm zu.

»Das war's dann. Ich hoffe, es hilft euch weiter.«

»Auf jeden Fall. Danke dir. Komm, Gose, wir haben zu tun.«

Kapitel 9

Marion Dünemann sah nachdenklich zu Maria und Goselüschen, die vor ihrem Schreibtisch saßen.

»Natürlich können wir bei den türkischen Behörden um Rechtshilfe ersuchen, nur wird es vermutlich ewig dauern, bis wir Daten übermittelt bekommen.«

»Das ist uns vollkommen klar«, erwiderte Goselüschen, »daher dachten wir ja an Plan B. Wenn der Killer in seinem Rhythmus bleibt, finden wir in den nächsten Wochen eine weitere Frauenleiche. Das wollen weder Sie noch wir!«

»Ich weiß nicht«, sagte die Chefin des Kommissariats. »Mir ist nicht wohl bei der Sache, eine meiner Ermittlerinnen in so ein bedenkliches Terrain zu schicken. Von den 500 Euro Steuergeld ganz abgesehen. Was meinen Sie dazu, Karl-Heinz?« Bevor sie mit der Idee zu ihrer Vorgesetzten gingen, hatten sie sich mit Waldner besprochen. Goselüschen brachte ins Spiel, Maria als Lockvogel auf die Eliteflirt-Seite zu schicken – sie kam den beiden Opfern sowohl vom Alter her als auch optisch sehr nahe und war zweifelsfrei in der Lage, mit jemandem aus der gehobenen Bildungsschicht zu kommunizieren. Auch wenn Maria nicht wohl bei der Sache war, wusste sie, dass sie momentan keine Alternative hatten. Das bloße Erstellen eines Profils, welches weitestgehend anonym blieb, und etwas Schriftverkehr mit interessierten Männern bereiteten ihr keine Sorgen. Falls es darauf jedoch zu einem oder mehreren Treffen käme, was zur Auflösung des Falles höchstwahrscheinlich unumgänglich war, müsste sie sich darauf verlassen, dass ihre Kollegen bei Gefahr sofort eingreifen würden. Sie wäre nicht aus Spaß zur Polizei gegangen und wüsste mittlerweile wohl besser als die meisten anderen Polizisten, wie riskant ihr Job sein könnte, hatte sie Goselüschen gesagt, natürlich würde sie es machen.

»Nun, zu Ihrem Einwand mit den 500 Euro: Ein guter Preis, wenn wir dafür einen Serienmörder schnappen, denken Sie mal darüber nach. Und was die Sache als solche angeht: Solange Maria dazu bereit ist, warum nicht? Wir haben in der Vergangenheit deutlich waghalsigere Aktionen durchgeführt.« Marion Dünemann trommelte mit den Fingern auf der Tischplatte und sah die drei im Wechsel an.

»Gut, dann machen Sie das so. Reichen Sie mir gleich den Antrag für das Hilfeersuchen rein, dann kann ich das heute noch an die Staatsanwaltschaft geben. Vielleicht haben wir Glück und es geht schneller als gedacht.« Die beiden Kommissare erhoben sich und folgten Waldner aus dem Büro. Maria wollte gerade die Tür hinter sich schließen, da rief ihr die Chefin hinterher: »Und Maria, ich möchte über jeden Schritt informiert werden, verstehen wir uns?« Maria, die nicht einschätzen konnte, ob es ihrer Chefin dabei um Kontrolle ging oder ob sie sich sorgte, nickte kurz und schloss zu ihren Kollegen auf.

»Das ging doch einfacher als gedacht«, sagte Waldner.

»Sebastian wird sich bestimmt darüber freuen, heute noch ein schickes Profil für dich anlegen zu dürfen«, sagte

Goselüschen grinsend und klopfte ihr freundschaftlich auf den Rücken.

»Ihr habt gut reden. Ich bin es schließlich, die sich da präsentieren muss.«

»So wild ist es ja nun auch nicht, denke ich«, ermunterte Goselüschen sie, »und ich bin wirklich schon gespannt darauf, wer so alles auf dich abfahren wird.«

»Ja, du mich auch.«

***

Früher als erwartet fanden sich Maria und Goselüschen in Sebastians Büro wieder. Er überraschte Maria durch seinen Elan und Schaffensdrang.

»Ach, ob ich nun hier herumdaddele oder zuhause, ist doch egal«, kupierte er lachend Marias Sorge um seinen verspäteten Feierabend.

»Sehr beruhigend.« Interessiert beobachteten sie ihren Kollegen dabei, wie er in Windeseile das grobe Profil für Maria erstellte.

»Was hältst du von Katharina?«

»Hä?«

»Er meint deinen Ingame-Namen, Blondie«, sagte Goselüschen und lachte kurz auf. Sebastian nickte.

»Ingame, soso, da kommt der alte Zocker raus, was? Aber klar, Katharina ist okay.«

»Meine Zockererfahrungen beschränken sich auf Skat, Doppelkopf und Schwimmen. Ich komme aus einer anderen Zeit wie ihr.«

»Wissen wir, Gose, du musstest dein Essen noch selbst erlegen.«

»Ich unterbreche euch ja nur ungern«, fuhr Sebastian dazwischen, »aber nun bist du gefragt, Maria. Du musst ein Identifizierungsverfahren durchlaufen, bevor wir dein Profil vollständig anlegen können.«

»Herrje, das fängt ja schon gut an. Was muss ich tun?«

Sebastian erklärte Maria das Prozedere, woraufhin diese sich in einem ca. fünfminütigen Videotelefonat verifizierte.

»So, jetzt kann es losgehen. Wir müssen einerseits Katharina beschreiben und zum Zweiten hier ausfüllen, was beziehungsweise wen sie genau sucht. Ich hoffe, dass wir das noch anpassen können.«

»Übernimm doch das so ähnlich, was bei den Opfern steht.«

»Das kann ich momentan nicht, Gose, wir können uns die anderen Profile erst anschauen, wenn Katharina freigeschaltet worden ist. Und selbst dann weiß ich nicht, ob wir Zugriff auf die der anderen Frauen bekommen.«

»Oh, gut, dann müssen wir uns was ausdenken.«

Gemeinsam schafften sie es, ein ansprechendes Profil von Katharina zu entwerfen. Sie machten aus ihr eine 35-jährige, leitende Angestellte eines in Emden ansässigen Versicherungsunternehmens mit eher devoten Neigungen – das war ein Schuss ins Blaue, ausgehend davon, wie sie die beiden bisherigen Opfer vorgefunden hatten. Weder hatten sie Sexspielzeuge irgendwelcher Art ausfindig gemacht, noch andere Hilfsmittel, die weithin dem BDSM zuzuordnen wären. Und das erste Opfer, Friederike Claaßen, hatte sich augenscheinlich nicht gewehrt, was den möglichen Schluss erlaubte, dass sie das Abschneiden der Sauerstoffzufuhr anfangs als Teil des Spiels betrachtete und wenn überhaupt, dann zu spät merkte, dass es nicht dazu gehörte.

***

Als Goselüschen später noch einmal ins Büro ging, fiel sein Blick auf Maria, die nachdenklich aus dem Fenster in die Dunkelheit Aurichs schaute.

»Weißt du, was ich nicht verstehe?«

»Außer dem Leben als solches?«, neckte er sie. »Nein, klär mich auf.«

»Was veranlasst eine Frau, jemand Wildfremden mit in ihre Wohnung zu nehmen?«

»Nun, du hast dir die Homepage doch durchgelesen. Sie schreiben dort explizit, dass man sich auf neutralem Boden treffen sollte, bevor man das tut, weshalb man sich auf diesem Portal bewegt.«

»Das stimmt schon, aber diesen Rat haben die beiden Opfer scheinbar in den Wind geschlagen.«

»Na ja, ungeachtet dieses Ratschlags suggeriert Eliteflirt ja auf zwei Ebenen Vertrauenswürdigkeit: Zum einen weiß jeder, der sich anmeldet, dass Eliteflirt von allen Mitgliedern die realen Daten hat, auch wenn man selbst nur die Profile sieht, die nicht unbedingt der Wahrheit entsprechen müssen. Spätestens beim eigenen Verifizierungsprozess wird einem das bewusst. Und zum anderen wirbt Eliteflirt damit, dass durch den extrem hohen Mitgliedsbeitrag von vornherein Trolle ausgeschlossen werden würden. Was mich ehrlich gesagt auch überzeugen würde. Ich meine, welcher Kerl haut ein Monatsgehalt auf den Kopf für die Möglichkeit – ich betone: Möglichkeit – hin und wieder ein kleines Abenteuer zu erleben? Was meinst du, wie oft man für die Kohle in den Puff gehen kann?« Klar, das stimmt schon alles, dachte Maria und ertappte sich dabei, dass sie die Vorstellung tatsächlich etwas elektrisierte. Kein Beziehungstheater, keine Verpflichtungen. Nur ein schneller Drink zum Abchecken des Gegenübers, der einen Sack voll Geld dafür bezahlt hatte. Natürlich erachtete es Maria als selbstverständlich, dass jemand mit so einem hohen Einkommen auch für den Erhalt seiner Gesundheit sorgen würde. Bei beiderseitigem Gefallen landet man dann bei ihm oder ihr zu Hause oder in einem Hotel, tobt sich aus und hinterher gehen beide ihrer Wege.

So jedenfalls die Theorie. In der Praxis lief es häufig anders, das hatte sie in der Vergangenheit einige Male von Kollegen mitbekommen, bei denen sich Frauen gemeldet hatten, dessen Online-Date sich zu einem Stalking-Monster entwickelte. Doch auch da gab es Tipps von Eliteflirt.

Ungeachtet der hohen Sicherheitsvorkehrungen von Eliteflirt möchten wir Ihnen folgende Verhaltensweisen ans Herz legen, damit Sie Ihr Abenteuer gänzlich frei und ohne faden Nachgeschmack genießen können: Treffen Sie sich nach Möglichkeit nicht in Ihrer Heimatstadt und wenn, nicht in Ihrem Stadtteil. Reisen Sie mit öffentlichen Verkehrsmitteln an. Führen Sie keine Ausweispapiere mit bei Ihrem ersten Date. Sorgen Sie für Verhütungsmittel. Geben

Sie einer Person Ihres Vertrauens Bescheid, wann und wo Sie jemanden treffen.«

Friederike Claaßen hatte ihr Date zumindest nicht nach Hause, sondern in ihr Feriendomizil bestellt. Das half ihr leider auch nicht. Hanna Rasmussen hingegen schien jeden Rat in den Wind geschlagen zu haben. Was war nur mit diesen Frauen los? Maria schüttelte den Kopf.

»Sicher ein paar Mal, aber ich kenne mich mit den Preisen in diesen Etablissements nicht aus. Du etwa?«, antwortete sie Goselüschen, nachdem sie ihren Gedankengang beendet hatte. Dieser hob abwehrend beide Hände.

»Nur aus dem TV und von dem, was die Kollegen der Sitte berichten.«

»Genug davon. Wie gehen wir jetzt weiter vor?«

»Ich denke, wir müssen warten, bis mein – Katharinas – Profil freigeschaltet ist. Wir beide und Sebastian haben die Zugangsdaten und können regelmäßig nachschauen.«

»Aber fang da bloß nichts an, bevor wir alle einen Blick drauf geworfen haben.« Er schaute ihr in die Augen. »Keine Alleingänge.« Maria seufzte.

»Darauf kannst du dich verlassen. Davon bin ich geheilt.«

***

Ihre Neugier siegte. So unternahm Maria einen letzten Versuch, sich bei Eliteflirt einzuloggen. Sie hatte sich bereits bettfertig gemacht, Pinky lag auf seinem Schlafkissen und ihn interessierte es offenbar nicht die Bohne, dass seinem Frauchen ein diebisches Lächeln übers Gesicht huschte, als der virtuelle Rezeptionist der Elite-flirt-Homepage sie begrüßte:

»Guten Abend, Katharina. Mein Name ist Wilson. Ich bin Ihr persönlicher Guide. Da Sie neu bei uns sind, möchte ich Ihnen gerne unser Angebot vorstellen. Folgen Sie mir, wenn Sie mögen. Sie können jederzeit über die Zurück-Taste auf die letzte Seite und mit der Weiter-Taste auf die nächste gelangen. Falls Sie zu einer Anwendung Fragen haben, zögern Sie nicht, mich über den Guide-Button oben links zu rufen. Nun wünscht das Team von Eliteflirt viele aufregende und knisternde Stunden mit unseren anderen Mitgliedern. Sie können jede Person individuell anschreiben oder Sie schauen sich zuerst ein-mal in unserem Mitgliederforum um. Dort besteht die Möglichkeit eines Gruppenchats wie auch die eines Ein-zelchats. Viel Vergnügen, Katharina. Ihr Wilson.«

»Moin Wilson, es ist mir auch eine Freude, dich kennenzulernen.« Sie lachte kurz auf. Wilson, wo hatte sie diesen Namen in letzter Zeit gehört? Klar, es war die KI aus *Dan Browns Origin*. »Das passt ja«, sagte sie schmun-zelnd zum Bildschirm gerichtet, bevor ihr wieder bewusst wurde, dass sie sich nicht zum Spaß angemeldet hatte.

Es dauerte nur eine halbe Stunde, bis sich Maria aka Katharina mit den wichtigsten Funktionen von Eliteflirt vertraut gemacht hatte. Zwar war die Seite anders und vor allem anspruchsvoller aufgebaut, als die, die ihr bekannt waren, aber vom Grundkonzept her ähnelten sich doch alle Flirtportale. Die Suche nach interessanten Mitgliedern konnte man auf das Alter, die ethnische Herkunft, Bildungsgrad, Größe, Haarlänge- und -farbe, Figur, Sprache, die sexuellen Vorlieben und die Region eingrenzen, sodass man, je nachdem, wie wählerisch man war, bis zu 1000 Interessenten präsentiert bekam. Was im Gegensatz zu anderen vergleichbaren Seiten fehlte, waren Angaben zu Hobbys, Beruf und persönlichen Eigenschaften. Klar, dachte sie, man sucht jemanden zum Vögeln und nicht zum Heiraten.

Jedes Profil war mit einem von Eliteflirt verifizierten, allerdings verpixelten Foto versehen, das vom Mitglied persönlich für Interessenten freigeschaltet werden musste. Maria musste wieder schmunzeln bei dem Gedanken daran, wie Sebastian versucht hatte, mit seinem Smartphone ein ansprechendes Foto von ihr zu machen. Der Junge war sicher ein Ass in seinem IT-Bereich, aber mit Fotografie kannte er sich überhaupt nicht aus. Schließlich hatte sie es mit Hilfe eines provisorischen Selfiesticks selbst geschossen mit dem Ergebnis, dass es um Längen besser geworden war, als die Resultate der hilflosen Bemühungen Sebastians.

Als Nächstes stöberte sie wahllos in ein paar Profilen herum, um sich einen Gesamteindruck zu verschaffen und ging dann über, gezielt nach denen der beiden Opfer zu suchen. Maria überraschte es, wie viele Frauen aus dem norddeutschen Raum diesen Service nutzten. So sehr sie die Suchkriterien auch eingrenzte, ihr wurden immer noch mindestens 25 mögliche Profile angezeigt. Das ist nicht gut, sagte sie sich, denn wenn ihr schon soviel Auswahl angezeigt wurde, würde das Katharina-Profil dem gesuchten Killer nicht gerade ins Auge springen. Dann fiel ihr

Blick auf die unterste, etwas abgesetzte Zeile des vor ihr geöffneten Profils. Dort stand in kleiner Schrift: Dieses Mitglied war zuletzt eingeloggt vor >30 Tagen. Schnell verglich sie es mit den anderen und atmete erleichtert aus. Von den 25 Profilen verblieben jetzt nur noch sechs, die innerhalb der letzten sieben Tage online waren. »Puh«, sagte sie und wischte sich mit der Hand durch das Gesicht. Wenig später war sie sicher, das Profil von Hanna Rasmussen gefunden zu haben. Die körperlichen Merkmale stimmten überein und das letzte Mal, an dem sie diese Homepage besucht hatte, lag zwei Tage zurück. Maria fotografierte die Daten vom Bildschirm ab, loggte sich aus und verzog sich schnell dorthin, wo sie sich schon seit zwei Stunden befinden sollte.

Kapitel 10

Sebastian und Goselüschen erwarteten Maria bereits, als sie am nächsten Morgen mit dunklen Rändern unter den Augen im Büro erschien.

»Moin, du hast ja gestern Abend noch gut recherchiert«, begrüßte sie Goselüschen und deutete auf das Profil Katharinas, welches auf dem mittigen Bildschirm zu sehen war.

»Moin, ihr beiden«, erwiderte Maria und unterdrückte mühsam ein Gähnen. Zugegeben, sie hatte sich gestern dazu hinreißen lassen, deutlich länger im Internet zu surfen als geplant. Aber schließlich ging es hier um einen Serienmörder, den es aus dem Verkehr zu ziehen galt, und das möglichst umgehend.

»Du hast schon einige Interessenten auf dich aufmerksam gemacht«, warf Sebastian ein. Maria überflog das Bild und blieb auf der Zeile „eingegangene Nachrichten" hängen, hinter der die Zahl 8 zu lesen war.

»Was habt ihr denn gedacht? Dass ich dort als einsames Mauerblümchen ende?« Lächelnd zog sie sich einen Stuhl heran und quetschte sich damit zwischen die beiden, worauf Goselüschen eine scherzhafte Unmutsbekundung verlauten ließ. »Stell dich nicht so an, sonst setze ich mich gleich auf deinen Schoß«, gab Maria zurück. Sebastian rückte etwas von der Arbeitsplatte ab und drehte sich mit seinem Stuhl, sodass er die beiden ansah.

»Habt ihr euch überlegt, wie wir vorgehen wollen? Ich meine, eigentlich ist meine Aufgabe hier die rein technische Betreuung, aber ich würde gern konstruktiv mitarbeiten, falls erwünscht.« Maria sah Sebastian verdutzt an und aus dem Augenwinkel vernahm sie einen ähnlichen Gesichtsausdruck bei Goselüschen.

»Ähm, ich weiß ja nicht, wie das hier sonst geregelt wird«, begann sie, »aber darüber brauchen wir nicht zu diskutieren. Wir spielen alle im selben Team und wenn du irgendwas beizutragen hast oder auch zu kritisieren – sofort raus damit.« Sie wusste nicht, ob die Unsicherheit seinem mutmaßlich jugendlichen Alter entsprang oder ob es in dieser Dienststelle tatsächlich Grüppchenbildung gab, wo eher gegeneinander oder bestenfalls aneinander vorbei gearbeitet wurde als miteinander.

»Was´n das für´n Quatsch?« Goselüschen schüttelte verständnislos den Kopf. »Natürlich läuft es – zumindest bei uns – genau so, wie Maria es gerade gesagt hat. Du gehörst zum Team.«

»Okay, ich wollte nur auf Nummer sicher gehen, bevor ich hinterher einen Anranzer kassiere«, sagte er und Maria spürte förmlich die Erleichterung in seiner Stimme. Sie schaute wieder auf den Bildschirm.

»Gut, weiter geht´s. Wie ihr ja schon gemerkt habt, war ich heute Nacht noch ein bisschen auf Eliteflirt unterwegs. Dabei ist mir etwas aufgefallen, was unsere Vorgehensweise erschweren könnte.« Die beiden Männer hingen gebannt an ihren Lippen. »Nun, ursprünglich war ja unsere Idee, Interessenten, die uns verdächtig erscheinen, zu einem Treffen zu lotsen und dort in entspannter Atmosphäre etwas aus ihnen heraus zu bekommen. Oder am besten schon vorher, falls wir ihre Identitäten ermitteln konnten, und sie dahingehend zu überprüfen, ob sie als Tatverdächtige in Frage kommen.«

»Ja«, sagte Goselüschen und nickte. »Genau so funktioniert das. Und sobald wir unseren Mann haben, ziehen wir ihn aus dem Verkehr. Easy Job. Wo ist das Problem?«

»Lass mich mal«, sagte Maria und zog sich mit ihrem Stuhl vor die Tastatur. Sie griff nach der Maus und ließ den Cursor über den Bildschirm flitzen, bis er auf einem Button stoppte, auf dem in roter Schrift auf schwarzem Grund das Wort „Forum" zu lesen war. Sie drückte auf die linke Maustaste und im nächsten Moment öffnete sich ein neues Fenster. »Hier ist unser Problem.«

»Verstehe ich jetzt nicht«, sagte Sebastian. Auch bei Goselüschen war der Groschen nicht gefallen. Maria öffnete diverse Unterforen, in denen man Live-Gruppenchats verschiedener Ausrichtungen mitlesen konnte und auch der Nachrichtenverlauf war einige Stunden bis Tage ruckwirkend lesbar – je nachdem, wie frequentiert die Gruppe war. »Ganz einfach: Wenn wir beispielsweise übermorgen den ersten Kandidaten zu einem Treffen überreden können und ihn dort offiziell befragen, kann er, vorausgesetzt, er ist nicht der Tatverdächtige, hier in den Foren anderen Usern mitteilen, dass Katharina ein Fake-Profil der Polizei ist. Oder er meldet unser Profil und wir werden vom Betreiber gesperrt.«

»Du meinst, dass sich viele hier im Forum herumtreiben?«

»Nun, Gose, wie ich heute Nacht herausgefunden habe, scheint die Anbahnung hier über den Einzelchat abzulaufen. Und bevor man in diesen gelangt, kommt man zwangsläufig an dieser Seite vorbei. Die Gefahr ist sicher nicht sehr groß, aber sie ist gegeben.«

»Hm«, sagte Sebastian, nahm Maria die Maus aus der Hand, drückte die rechte Taste und schob in hohem Tempo den Cursor über den Screen. Die Fenster öffneten und schlossen sich, dass Maria fast schwindlig wurde.

»Warum geht das bei meinem Rechner nicht so schnell? Da dauert es ewig, bis eine Seite aufgebaut ist. Und hier: Schwupp-di-wupp-.« Sebastian lachte.

»Bring ihn mal mit, dann mach ich ihn dir flott. Aber hier, Maria, du hast recht. Man wird automatisch durch den Gruppenchat geführt, wenn man in den Einzelmodus möchte. Komische Struktur. Keine Ahnung, warum die das so aufgebaut haben.«

»Sag ich doch. Und nun?«

»Nun«, sagte Goselüschen und rieb sich das Kinn, »müssen wir Katharina wohl oder übel undercover arbeiten lassen. Aber das ist für dich mittlerweile doch nichts Neues mehr.« Sein leicht gequälter Gesichtsausdruck ließ darauf schließen, dass er damit ähnlich unglücklich war wie Maria selbst. Schließlich hatte sie in den letzten Monaten tatsächlich Erfahrungen dahingehend sammeln können, aber sie war auch beide Male fast dabei draufgegangen. Und darauf war sie natürlich überhaupt nicht scharf. Es war etwas anderes, in echte Lebensgefahr zu geraten, als in einem Buch oder Film in eine erfundene, in der der Held oder die Heldin in der Regel mit einigen Kratzern und schmutzigen Klamotten aus solchen Situationen herauskam.

»Nun, wenigstens konnten wir schonmal die mutmaßlichen Profile der beiden Opfer herausfiltern«, sagte
Sebastian und zog die Fenster so, dass sie nebeneinander
zu sehen waren. Maria erkannte das eine sofort wieder, sie
lag also richtig in der vergangenen Nacht.

»Das ist gut, dann können wir Katharinas Profil
anpassen.« Sie ließ ihren Blick über die Daten schweifen,
die dort zu lesen waren. »Okay, beide suchten Männer
zwischen 35 und 45, mindestens 185 cm groß und athle-
tisch gebaut.«

»Und sie bevorzugten den passiven Part beim Sex –
was auch immer das heißen soll«, warf Goselüschen ein.
»Legen die sich nur hin und lassen machen, oder wie?«

»Ach, Gose«, sagte Maria nachsichtig, »passiv bedeutet
nicht scheintot. Das heißt, dass sie sich führen lassen,
böse ausgedrückt, dass sie sich benutzen lassen. Sprich:
Der Mann darf innerhalb der festgesetzten Grenzen mit
ihnen tun, wonach ihm ist.«

»Also so `ne Sado-Maso-Scheiße?«

»Nein, Gose. Das ist wieder ein Bereich, der sich über
ganz andere Punkte definiert. Auch wenn es von der
grundsätzlichen Richtung her ähnlich sein mag.«

»Okay«, mischte sich Sebastian ein, »dann sollten wir
diesen Passus für Katharina übernehmen.«

»Und ihr wollt Cops sein?« Maria lachte auf und klopfte
den beiden auf die Schulter. »Das habe ich doch heute
Nacht bereits aktualisiert.«

»Ähm, ich hoffe, du hast nicht allen Mist von denen
übernommen. Unsere Opfer scheinen die Grenzen ganz
weit unten festgesetzt, um nicht zu sagen, sie gänzlich

gestrichen zu haben. Guckt mal hier.« Sebastian hatte schon ein Stück weiter gelesen und zeigte nun mit dem Finger auf einen Satz weiter unten in einem der beiden Profile.

»Nimm mich und zeige mir, dass du die Zügel fest in der Hand hast. Ich werde mich wehren, aber du wirst zu stark sein«, las Gose und konnte es kaum glauben. »Was ist das denn für ein Mist? Sind die krank?«

»Das sind schlicht und einfach Vergewaltigungsfantasien, wie sie mehr Frauen hegen, als man denken sollte. Und dieses Portal bietet eine scheinbar sichere Möglichkeit, diese anonym auszuleben. Die finden wir ähnlich beschrieben auch in dem anderen Profil und natürlich hab ich es sinngemäß für Katharina übernommen. Wobei wir ja jetzt wissen, dass es alles andere als sicher ist.«

»Kranker Scheiß«, wiederholte Goselüschen. »Sowas gibt´s doch gar nicht.«

»Gose«, begann Maria, »wie oft hört man von Männern in hohen Positionen, die den ganzen Tag über Heerscharen von Mitarbeitern befehligen, in der Nacht zur nächsten Domina trotten und sich mit einem Halsband und einer Billardkugel im Mund an der Leine durch die Räume führen lassen?« Goselüschen schüttelte den Kopf.

»Das ist genauso krank.«

»Meine Meinung. Aber trotzdem: Herzlich willkommen im Zeitalter der sexuellen Gleichberechtigung.«

»Sei´s drum. Lasst uns erstmal schauen, was für Prachtstücke wir bisher an Land ziehen konnten.« Sie wandte sich an Goselüschen. »Habt ihr euch die Nachrichten schon angesehen?« Goselüschen und Sebastian verneinten.

»Wir wollten dir die Ehre des ersten Blicks überlassen – schließlich musst du dich nachher auch mit ihnen treffen.«

»Danke, Gose, sehr nett«, sagte sie und verdrehte die Augen. »Dann zeig mal, Sebastian.«

***

Die drei waren erstaunt über die Umgangsformen, mit denen die Nachrichten an Katharina formuliert waren. Allesamt waren sie individuell auf sie zugeschnitten und es fanden sich weder Flüchtigkeitsfehler noch holprige Formulierungen in den anspruchsvoll verfassten Anschreiben der Interessenten.

Trotzdem konnten sie von vornherein sieben der acht Absender ausschließen, da sie jeweils mindestens eine der angegebenen Kriterien nicht erfüllten. Lediglich der User mit dem Profilnamen Gernot fiel nicht durch das Raster. Sie betrachteten seine Zeilen und das von ihm freigeschaltete Foto, welches in der Nachricht angezeigt wurde.

»Hey Gernot, ich freue mich, dich kennenzulernen«, säuselte Maria in Richtung des Bildschirms, von dem sie ein blonder, blauäugiger Mann mit einem kantigen Gesicht anlächelte, der sie an den jungen *Dolph Lundgren* erinnerte, der als fieser Gegner *Sylvester Stallones* aus der vierten Verfilmung der Box-Kultreihe um *Rocky Balboa* bekannt wurde. Sie ließ provokativ ihre Zunge über ihre Lippen gleiten.

»Übertreib nicht, Blondie, das ist Arbeit hier.«

»Ach komm, Gose, warum nicht das Nützliche mit dem Angenehmen verbinden?« Sie prustete los, als sie den verwirrten Blick Sebastians sah. »Tut mir leid, Basti, wir sind manchmal etwas —«

»Gewöhnungsbedürftig«, vollendete Goselüschen den Satz, »was vorrangig an ihr liegt.«

»Ihr seid schon zwei Kracher«, erwiderte Sebastian und grinste seine Kollegen an, bevor er sich wieder dem Bildschirm zuwendete. »Dieser Gernot könnte also unser Täter sein. Wie geht es weiter?«

»Wir warten etwas ab, dann antworten wir ihm und verabreden uns für einen Chat heute Abend. Wenn es gut läuft, bekommen wir das Date in den nächsten Tagen und sollten wir Glück haben, könnten wir schneller einen Deckel drauf machen als gedacht.«

Es dauerte nur ein paar Minuten, bis sie einen entsprechenden Antworttext formuliert hatten, den Sebastian im Laufe des Nachmittags an Gernot übermitteln sollte. Auf dem Weg zurück in ihr Büro machte Maria einen Abstecher zu ihrer Chefin.

»Gut, Sie scheinen voranzukommen. Aber denken Sie daran, dass es bei dem Date nicht zu Komplikationen kommt«, mahnte Marion Dünemann. »Postieren Sie mindestens zwei Kollegen in der Nähe.« Maria nickte.

»Wir werden vorsichtig agieren und mit Sebastian und Peter habe ich zwei kompetente Partner dabei.« Ihre Chefin verzog kaum sichtbar das Gesicht.

»Sie wollen Sebastian mit in den Außeneinsatz nehmen? Er ist sehr unerfahren ...« Maria unterdrückte eine schnippische Antwort und reagierte diplomatisch.

»Ich vertraue ihm und irgendwo muss jeder seine Erfahrungen sammeln.«

»Das ist Ihre Entscheidung, wenn Sie es so wollen, bitte sehr.«

»Danke«, sagte Maria knapp und in der Tür stehend fügte sie hinzu: »Wir werden Sie auf dem Laufenden halten.«

Kapitel 11

Nach einigen Tagen loggte er sich mal wieder auf seinem Account ein. Es wurde langsam Zeit, den Druck loszuwerden, der sich bei ihm von Tag zu Tag aufbaute und irgendwann unerträglich wurde. Seine Frau würde das niemals verstehen – er verstand es ja selbst kaum.

Er pustete eine Strähne vor seinem Auge weg, die sich unangenehm an seine Narbe legte, während er seine gespeicherte Suchmaske aktualisierte. Das Ergebnis war ernüchternd: Gerade mal fünf Frauen wurden ihm angezeigt, von denen vier seit Wochen nicht mehr online waren. Blieb also nur noch die eine übrig. Beim erneuten Hinsehen stellte er fest, dass er mit dieser Dame im Einzelchat nicht übereingekommen und den Kontakt abgebrochen hatte. Es blieb also nichts anderes übrig, als seinen Suchradius zu erweitern. Missmutig verstellte er die Regler und vergrößerte die Alters- und Entfernungsspanne, bevor er die nächste Suche startete.

»Geht doch«, sagte er leise. Immerhin kamen drei neue Vorschläge zum Vorschein. Er überflog sie und machte sich daran, seiner Auserwählten ein paar nette Zeilen zu schreiben. Zufrieden über das Ergebnis aktivierte er den Abschicken-Button und bereits eine Sekunde darauf bestätigte das System den erfolgreichen Versand seines virtuellen Briefes an seine mutmaßlich nächste Gespielin. Inständig hoffte er, dass sie sich heute Abend noch mit ihm unterhalten und sich nicht lange zieren würde, bis es zum ersehnten Treffen kommen würde. Abrupt wurde er aus seinen Fantasien gerissen, als der schneidende Ruf seiner Frau aus dem Erdgeschoss ertönte, mit dem sie ihn und ihre Bälger zum Essen nach unten zitierte. »Ja, ich komme schon«, blaffte er zurück und spürte die Abneigung, die seinen Körper durchströmte, da er gleich wieder eine halbe Stunde mit seiner kaputten Familie an einem Tisch sitzen und heile Welt spielen durfte, wobei selbst ihr jüngstes Kind, die 11-jährige Charlotte, mittlerweile begriffen hatte, dass gar nichts mehr in Ordnung war. Aber solange er ein Ventil fand, um seinen inneren Druck loszuwerden, würde er dieses groteske Spiel mitspielen. Er würde sich beizeiten darüber Gedanken machen, wie er der Lage Herr werden könnte.

***

Gernot hatte angebissen. Nachdem er die Antwort Maria-Katharinas gelesen und ihr Profilfoto wohl als akzeptabel eingestuft hatte, teilte er ihr mit, um 21 Uhr im Einzelchat auf sie zu warten.

»Das heißt wohl Überstunden«, stöhnte Goselüschen.

»Ich kann das auch von zu Hause aus erledigen. Ist ja nichts dabei.« Sie spürte, wie ihr Kollege mit sich ringen musste, doch schließlich lenkte er ein.

»Stimmt auch wieder. Warum sollen wir zu dritt dabeisitzen, während du mit *Ivan Drago* herumflirtest«, erwiderte er, dem die Ähnlichkeit zwischen Gernot und dem Schauspieler offensichtlich ebenfalls aufgefallen war.

»Eben. Außerdem kann ich mich allein besser entfalten und die Sau rauslassen«, schloss Maria und lachte auf. Sie gaben Sebastian über die Entwicklung Bescheid, der ebenfalls den pünktlichen Feierabend zu begrüßen schien, und setzten für den nächsten Morgen um 8 Uhr eine Besprechung in seinem Büro an.

Um sich abzulenken, zog Maria ihre Sportklamotten an und machte sich auf eine neue Joggingrunde am Ems-Jade-Kanal entlang, die sie am Hafen vorbei- und im Anschluss durch den Westen Aurichs wieder nach Hause führte. Ganz funktionierte es nicht, denn immer wieder schoss ihr durch den Kopf, wie sie das anstehende Gespräch angehen sollte. Einerseits müsste sie authentisch rüberkommen, andererseits möglichst schnell ein Treffen bewirken. Sie ging gedanklich einige Male die von Goselüschen, Sebastian und ihr kreierte Vita Katharinas durch, bis sie sicher war, dass sie es hinbekäme. Ein Blick auf ihre neongelbe Swatch-Uhr verriet, dass es kurz vor acht war. »Alles gut, ich bin ja schon auf der zweiten Hälfte der Strecke.« Sie verlangsamte ihre Schritte, bis sie zum Stehen kam, und unterbrach den Lauf für einige Übungen, die sie mit Hilfe der Parkbank absolvierte, bevor sie sich auf den Heimweg machte.

Nach einer kurzen Dusche warf sie sich ein großes Shirt über, zog ihre Wollsocken an, versorgte Pinky, der schon recht ungehalten war, sein Essen so spät serviert zu bekommen, und setzte sich darauf mit ihrem Laptop auf dem Schoß auf das Sofa. Der Dampf des Tees, der in einer großen Tasse vor ihr auf dem Tisch stand, erfüllte das Wohnzimmer mit Zimt- und Kirscharoma. Maria klappte den Deckel auf und fuhr den Rechner hoch. Innerhalb weniger Minuten hatte sie sich auf Eliteflirt eingeloggt. Es war bald neun und ihre Anspannung stieg. Würde sie gleich mit dem Mörder mindestens zweier Frauen einen virtuellen Flirt starten? Maria kam nicht umhin, sich einzugestehen, dass sie diese Vorstellung faszinierte. Das würde sie natürlich für sich behalten. Solange sie professionell blieb, ging es weder Goselüschen noch sonst jemanden etwas an, was sie dabei fühlte oder dachte. Sie bewegte den Cursor über den Bildschirm und navigierte sich in den Einzelchat. Niemand da. Würde Gernot sie beziehungsweise Katharina versetzen? Auf der unteren Leiste des Screens stand 21:02 Uhr. Wie lange sollte sie warten? Sie entschloss sich, um spätestens zehn nach den Chat wieder zu verlassen, doch im nächsten Moment blinkte der Name ihres Gesprächspartners vor ihr auf und dahinter war das obligatorische „schreibt" zu lesen. Gespannt wartete Maria, bis sie seine Begrüßung las.

»Guten Abend, Katharina, entschuldige bitte die Verspätung, das System hatte mich rausgeworfen und ich musste es neu starten.«

»Guten Abend, Gernot. Das kann jedem mal passieren. Ich freue mich, dich hier kennenzulernen.«

»Ganz meinerseits. Mir gefällt ausgezeichnet, was ich auf deinem Profil lesen und sehen kann.«

»Das Kompliment gebe ich eins zu eins zurück. Ich muss gestehen, dass ich ganz neu hier bin und mir das Prozedere noch nicht ganz klar ist.«

»Mach dir darüber keine Gedanken, es ist sehr unspektakulär. Jedenfalls waren das meine Erfahrungen, die ich in den letzten Monaten sammeln durfte.«

»Dann wird es das Beste sein, wenn du mich hier hindurchführst. Oder tauschen wir Handynummern aus und klären dort alles Weitere?«

»Nein, diese Plattform soll ein größtmögliches Maß an Sicherheit der eigenen Person gewährleisten. Daher werden Telefonnummer automatisch vom System gelöscht, bevor der Gesprächspartner sie lesen kann. Natürlich könnte man sie ausschreiben, aber es muss dann jeder selbst wissen, wie sehr man in diesem Stadium der Bekanntschaft seine Anonymität aufgeben möchte.«

»Das klingt plausibel. Gut, und wie geht es weiter?«

»Haha, du hast es wohl eilig, Katharina? Wir können uns zu einem Treffen verabreden, wenn wir einen gemeinsamen Termin finden. Alles Weitere sehen und besprechen wir dann vor Ort. Wie hört sich das an?«

»Das hört sich sehr gut an. Welchen Vorschlag unterbreitest du mir bezüglich des Dates?«

»Kennst du das Sam´s am Neuen Markt in Emden? Übermorgen um 18 Uhr?«

»Das kenne ich, aber vor 18:30 Uhr werde ich es nicht schaffen.«

»Hervorragend. Dann freue ich mich darauf, dich dort um halb sieben zu sehen.«

»Die Freude ist ganz meinerseits. Bis dann.«

»Auf bald.« Kurz nach der Verabschiedung verschwand Gernots Name vom Bildschirm. Maria saß konzentriert vor der Aufzeichnung ihres Chats und überflog ihn noch einmal.

»Nun, Gernot, da bin ich ja sehr gespannt.«

Kapitel 12

Merkwürdigerweise hatte Maria die Anbahnung des Dates über den Chat wesentlich aufregender empfunden als das bevorstehende Treffen mit Gernot, welches in wenigen Minuten stattfinden würde.

Durch den Umstand, dass mittlerweile zwei weitere Verabredungen mit Interessenten von Eliteflirt bevorstanden, hatte sich der kurze Anflug gänzlich verflüchtigt, die Flirterei als spannend zu betrachten. Es war harte Arbeit, doch sie hielt sich für bestens vorbereitet.

Zu dritt befanden sie sich im hinteren Bereich des Lieferwagens, der gegenüber von Sam´s Café im Schatten einer mächtigen Eiche parkte.

»Geht das so?« Sebastian wich einen Schritt von Maria zurück und betrachtete die Verkabelung, die er ihr gerade an den Bauch geklebt hatte. Sie zog vorsichtig ihre Bluse wieder herunter und zupfte sie zurecht.

»Jo, kneift etwas, aber das Wichtigste ist, dass man es nicht sieht.« Sie drehte sich vor ihren Kollegen um die eigene Achse. »Und?«

»Perfekt«, merkte Goselüschen an.

»Gehst du eben raus, damit wir den Technikcheck machen können?«

»Klar, Basti«, erwiderte Maria und zog die seitliche Schiebetür auf, die mit einem leisen Surren nachgab und hörbar einrastete. Maria sprang heraus und entfernte sich ein paar Meter vom Wagen, darauf bedacht, dass sie von niemandem – vor allem nicht von Gernot – dabei beobachtet wurde. »Eins, zwei, check«, sagte sie in normaler Lautstärke, während sie den Blick über die Straße und den Bürgersteig vor dem Café schweifen ließ. Doch außer einem Pärchen, das seinen Dobermann ausführte, und einem älteren, seinem krummen Rücken nach von Morbus Bechterew geplagten Mann am Rollator, konnte sie keine Menschenseele entdecken.

Sie kehrte zurück, nachdem Goselüschen ihr durch das Seitenfenster mittels nach oben gerecktem Daumen signalisiert hatte, dass sie sie verstehen konnten.

»Es ist kurz vor, willst du nicht los?«, wollte Sebastian wissen. Maria schmunzelte.

»Du musst noch viel über Frauen lernen. Ich kann doch unmöglich pünktlich erscheinen und bin nachher noch eher da als mein Datepartner. Wie sieht das denn aus?«

»Da kommt er«, unterbrach Goselüschen die beiden. Er deutete mit dem Kopf in die Richtung eines Mannes, der dem Profilbild auf Eliteflirt äußerst ähnlichsah und der sich mit großen Schritten den Weg vorbei am Restaurant Olympia zum Eingang des Ladengeschäfts bahnte. Sie folgten seinem Blick und Maria bestätigte ihn mit einem Nicken.

»Ich geb ihm drei Minuten. Dann kann er uns schonmal einen schönen Tisch suchen.«

***

Vor der Eingangstür zupfte Maria ein letztes Mal ihre Gardrobe zurecht, atmete tief durch und betrat das Café.

Sie musste sich nur kurz orientieren, bis sie Gernot im linken Bereich an einem Eckplatz sitzen sah. Auch er erkannte sie sofort, kam er doch bereits mit einem breiten Lächeln, welches seine gepflegten Zähne zeigte, auf sie zu und nahm sie andeutungsweise in den Arm.

»Hallo Katharina, hast du gut hergefunden?« Maria zuckte kurz. An ihren Decknamen musste sie sich erst noch gewöhnen.

»Danke Gernot«, erwiderte sie ebenfalls lächelnd und ließ sich von ihm die Jacke abnehmen und den Stuhl heranrücken. Er setzte sich ihr gegenüber.

»So, ich bin also dein erster Versuch«, sagte Gernot und sah ihr direkt in die Augen. »Aber bevor du antwortest, sag mir, was du trinken möchtest.« Er winkte die Kellnerin herbei, die sich ihrem Tisch näherte.

»Oh, ja, also ich nehme einen Cappuccino. Und ja, du bist mein erster Versuch. Merkt man das? Ich meine, wenn du es nicht wüsstest?« Er gab die Bestellung weiter an die junge Frau mit der schwarzen Schürze und lachte darauf herzlich.

»Nein, Katharina, ich glaube, dass die meisten auch nach dem fünften oder zehnten Date dieser Art noch angespannt sein dürften. Ansonsten wäre das doch auch nichts Besonderes mehr, oder?«

»Na ja, dir merkt man keine Nervosität an.«

»Ich verfüge über eine geschulte Selbstbeherrschung, aber im Inneren, glaube mir, da rumort es.« Wieder ein Lachen. Gernot sah blendend aus, war groß, schlank, trainiert und Maria war sein eleganter Modegeschmack sofort aufgefallen. Auch gab er sich sehr freundlich und einnehmend und sie fühlte sich wohl in seiner Nähe. Aber sie konnte es sich beim besten Willen nicht vorstellen, mit diesem Mann ins Bett zu gehen. Er war einfach zu glatt, ihr fehlten die Ecken und Kanten. Du sollst eh nicht mit ihm in die Kiste, dachte sie, warum machst du dir darum einen Kopf?

Die Bestellung wurde an den Tisch gebracht und ihr zwangloser Smalltalk lief ohne peinliche Pausen weiter.

***

Goselüschen saß auf dem Beifahrersitz des Transporters und behielt die Tür zum Café fest im Blick, während Sebastian im hinteren Bereich die technischen Geräte überwachte.

»Was für ein Geschwafel«, ließ Goselüschen fallen, »das ist ja an Banalität nicht zu übertreffen.«

»Was hast du denn erwartet? Dass sie über ihre Jobs, Familienplanung oder politische Entwicklung diskutieren?«

»Nein, aber etwas mehr Dirty Talk habe ich mir schon erhofft. Etwas für das Kopfkino, wenn wir schon abends hier herumlungern müssen, du verstehst?«

»Man merkt jedenfalls, dass der Typ Routine darin hat. Er redet flüssig, verrät aber kein Detail über sich, aus welchem man irgendetwas über ihn schließen könnte.«

»Das meine ich ja, und Maria kann das offensichtlich genauso gut, deswegen ist es ja langweilig.«

Die Zeit verstrich und plötzlich wurde es interessant für die beiden im Observierungsfahrzeug.

»So, meine liebe Katharina«, hörten sie Gernot sagen. »Wir erreichen langsam den Punkt, an dem wir uns darüber einig werden sollten, wie es weitergeht.«

»Jetzt wird es spannend«, sagte Goselüschen und drehte sich zu seinem Kollegen und dem Lautsprecher.

***

Lange hatte Maria überlegt, wie sie an diesem Punkt des Dates verfahren sollte. Als er jetzt erreicht war, fiel es ihr einfacher als vermutet.

»Das stimmt. Wir sind ja nicht für ein Schwätzchen zusammengekommen. Ich will auch gar nicht drumherumreden, aber du bist einfach nicht mein Typ. Tut mir leid.« Kurz hielt sie die Luft an und rechnete mit einer unfreundlichen Reaktion. Doch Gernot schien es nicht zu stören.

»Das habe ich mir bereits gedacht. Daher möchte ich das Treffen hier und jetzt beenden. Ich muss noch etwas fahren.«

»Lass mal«, sagte sie und bedeutete ihm, seine Brieftasche steckenzulassen. »Ich lade dich ein.« Gernot schaute kurz irritiert, nickte dann und stand auf.

»Einen schönen Abend dir noch«, sagte er und gab ihr zum Abschied die Hand. Maria schaute ihm hinterher und nachdem er das Lokal verlassen hatte, wickelte sie seine Tasse in ein Tuch und ließ sie in ihrer Handtasche verschwinden. Darauf legte sie einen Zwanzig-Euro-Schein auf den Tisch – mehr als genug Entschädigung für die ausgeliehene Tasse – und trat aus dem Café nach draußen.

Kurz darauf im Lieferwagen befreite Sebastian sie von der Verdrahtung.

»Und, was meinst du?«

»Kann ich noch nicht sagen«, erwiderte sie und legte die in eine Serviette eingerollte Tasse in eine Schublade. »Ich habe in den letzten Jahren zu viel Scheiß erlebt und mich so oft in den Menschen geirrt, sodass ich mittlerweile so ziemlich jedem alles zutraue.« Sie beneidete Sebastian um dessen Naivität, die seine Mimik ausstrahlte. In seinem Alter hatte sie auch noch ein ganz anderes Urvertrauen in die Menschheit, dieses litt jedoch von Dienstjahr zu Dienstjahr und mittlerweile breitete sich auch in ihr der Zynismus aus, für den sie damals ihre älteren Kollegen noch belächelt hatte. Bevor Sebastian darauf reagieren konnte, öffnete sich die Beifahrertür und Goselüschen schwang sich auf den Sitz.

»Na, seid ihr wieder am Fummeln?«

»Sabbel nicht, was hast du?«, ranzte ihn Maria an.

»Das Kennzeichen und die Automarke«, antwortete er trocken. Er war Gernot vom Café bis zu einem Parkplatz wenige hundert Meter entfernt gefolgt und hatte sich dessen Nummer notiert. »Er kommt aus Bremen oder Bremerhaven. Und mit den Fingerabdrücken, die du hoffentlich besorgt hast –«, er wartete, bis Maria nickte, »kommen wir hoffentlich einen Schritt weiter. Ansonsten heißt es: Nach dem Date ist vor dem Date.«

***

So etwas war ihm noch nie passiert. Seine Narbe pochte, wie jedes Mal, wenn er sich aufregte.

»Du mieses kleines Flittchen«, rief er aus und schlug mit der Faust gegen das Seitenfenster, welches daraufhin bedrohlich vibrierte. Er legte den Gang ein, ließ die Kupplung fliegen und mit durchdrehenden, quietschenden Reifen schoss sein Wagen nach vorn. »Du weißt nicht, was dir entgangen ist, du Dreckstück!«

Nachdem er sich gefangen und sich in den Straßenverkehr eingeordnet hatte, zündete er sich eine Zigarette an, die er mit fünf, sechs tiefen Zügen bereits bis an den Filter und heiß geraucht hatte. Achtlos warf er sie aus dem einen Spalt breit geöffneten Fenster und im nächsten Augenblick steckte er sich die nächste in den Mund. Wieder ein verlorener Tag, an dem er sich nicht von seinem Druck befreien konnte. Wenn jetzt noch seine Frau wach wäre und ihn auch nur ein klitzekleines Bisschen provozieren würde, könnte er eine Eskalation nicht verhindern.

Nach einigen Kilometern hielt er am Seitenstreifen, stieg aus und schrie seinen Frust in den Nachthimmel. Das ferne Rufen einer Eule war die einzige Antwort, die er darauf bekam. Langsam, ganz langsam merkte er, dass er sich beruhigte. Tief füllte er einige Male seine Lunge mit der klaren Luft, stieg anschließend ins Auto und brachte die letzten Kilometer bis zu seinem ungeliebten Zuhause hinter sich.

Kapitel 13

Während Maria sich auf dem Monitor des einen PCs in den Account Katharinas einloggte, ließ Sebastian das Kraftfahrzeugkennzeichen Gernots durch den Polizeicomputer laufen. Goselüschen hielt sich im Hintergrund damit auf, dem modernen Kaffeeautomaten, der in der Ecke hinter der Tür sein Dasein fristete, einen großen Kaffee abzuringen.

»Den Halter des Fahrzeugs habe ich schonmal«, sagte Sebastian. »Es ist zugelassen auf einen Ralf Schneider, gemeldet in Bremerhaven-Lehe. Geboren am 25.5.1975.«

»Scheiß Apparat«, fluchte Goselüschen von hinten, der Kaffee lief über den Rand seiner zu klein gewählten Tasse. »Gibt es sonst etwas über ihn?«

»Warte, ich lass ihn durchlaufen.« Nach einigen Minuten fuhr er fort. »Seine Fingerabdrücke sind nicht registriert und er ist bisher auch nicht strafrechtlich in Erscheinung getreten. Über Google konnte ich trotzdem einiges herausfinden: Er betreibt zwei Onlineshops – e inen für Erotikartikel und den anderen für Outdoorausrüstung.« Goselüschen grunzte auf.

»Das passt ja, Karabinerhaken und Nylonseile gehören sicher in beide Sortimente.«

»Ach Gose«, seufzte Maria, »du lebst echt im letzten Jahrhundert. Die Erotikindustrie ist nicht erst seit *Fifty shades of grey* auf einem enormen Höhenflug und das Spektrum umfasst weit mehr, als du dir in deinem Spießerköpfchen vorstellen kannst.«

»Wenn du es sagst, Blondie, außerdem ist diese Fiftyshades-Scheiße doch eh nur ein müder Aufguss von *9 ½ Wochen*«, erwiderte er. »Was gibt es Neues bei Katharina?« Maria wandte sich zum Bildschirm.

»Die Nachfrage nach ihr ist ungebrochen. Es sind weitere 14 Nachrichten eingegangen.«

»Lass mal sehen«, sagte Goselüschen und schaute über die Köpfe seiner Kollegen hinweg auf den Monitor.

Ähnlich wie die Tage zuvor konnten sie den größten Teil der Anfragen aussieben, da die Interessenten nicht die Kriterien erfüllten. Maria hoffte, dass sich die beiden Opfer ebenso strikt bei ihrer Auswahl verhalten hatten, sonst würde die Suche nach dem Täter wirklich zu der nach der Nadel im virtuellen Heuhaufen mutieren.

»Die beiden kommen in Frage«, sagte Sebastian und markierte zwei Absender mittels eines Laserpointers.

»Woher hast du den auf einmal?«, wollte Goselüschen wissen. »Was hast du noch so alles hier, von dem wir keine Ahnung haben?«

»Herr Kollege, ich bin für die Technik zuständig, also erlauben Sie mir bitte auch deren Einsatz.« Maria stieß Goselüschen in die Seite.

»Damit wären die Zuständigkeiten geklärt«, begann sie, nachdem sie wieder sprechen konnte. »Sebastian für die Technik, ich für die Erotik und du für den Kaffee. Passt doch.« Goselüschen bemühte sich darum, einen gleichgültigen Gesichtsausdruck zu behalten.

»Können wir uns mal auf das Wesentliche konzentrieren, bitte?«

»Wir sollten als Erstes diesem Gernot aka Ralf Schneider einen Besuch abstatten. Auch wenn seine Fingerabdrücke nicht gefunden wurden, würde ich ihn nicht automatisch aus dem Kreis der Verdächtigen entfernen. Zumal unser Täter ja nicht zwingend seine hinterlassen haben muss.«

»Sehe ich genauso, Maria«, pflichtete Sebastian ihr bei. »Der wird ganz schön Augen machen, wenn du ihm deine Marke vor die Nase hältst.«

»Ich denke, wir beide fahren ohne Maria zu ihm«, sagte Goselüschen, während er sich das Kinn rieb. »Dann müssen wir ihm das mit Katharina auch nicht erzählen.«

»Ja, diesen Trumpf sollten wir uns aufbewahren«, sagte sie.

»Gibt es eigentlich etwas Neues wegen der Auskunft des Datingportals?«

»Nein«, sagte Goselüschen, »ich war vorhin bei der Dünemann. Sie meinte, dass wohl noch irgendein türkischer Bürokrat auf dem Antrag sitzen würde und keine Dringlichkeit sähe, den Nazis unter die Arme zu greifen.«

»Wow, diese Wortwahl hat sie getroffen?« Maria zog die Augenbrauen hoch.

»Na ja, ich habe mir erlaubt, ihre Antwort frei zu interpretieren.«

»Ist ja egal«, sagte Maria, »wir sollten jedenfalls auf die Tube drücken, denn sonst haben wir möglicherweise bald die nächste Leiche in der Rechtsmedizin liegen.«

»Recht hast du«, bestätigte Goselüschen. »Bereit?«

»Äh, jetzt?«

»Was dachtest du denn, Basti, dass wir bis Weihnachten warten? Geregelte Arbeitszeiten sind was für Pussies, um im Slang unseres derzeitigen Falls zu sprechen.« Etwas widerwillig stand Sebastian auf und folgte Goselüschen.

»Fährst du die Geräte runter?«

»Klar, ich bearbeite noch eben die letzten Anfragen fertig«, antwortete sie dem in der Tür wartenden Kollegen.

***

Die Straßen waren frei, so erreichten Goselüschen und sein Kollege in gut eineinhalb Stunden ihr Ziel. Das Navigationsgerät hatte sie durch die halbe Stadt geführt und nun parkten sie vor einer Villa, die hinter einer hohen Koniferenhecke vor neugierigen Beobachtern versteckt lag. Goselüschen drückte auf den Knopf der Gegensprechanlage, die in einem Pfeiler des geschlossenen Stahltores eingelassen war.

»Ja, bitte?«, hörten sie knisternd eine Männerstimme aus dem Lautsprecher.

»Guten Abend, entschuldigen Sie die Störung. Wir sind von der Kriminalpolizei und möchten mit einem Ralf Schneider sprechen.« Es knackte einige Male.

»Polizei? Zeigen Sie bitte Ihre Ausweise in die Kamera rechts neben Ihnen.« Goselüschen sah zu Sebastian und folgte dessen Finger, der zu dem äußeren Pfeiler zeigte. Jetzt entdeckte er sie auch. Sie hielten wie gewünscht ihre Papiere dicht vor das Glas und wenige Sekunden später öffnete sich summend das kleinere der beiden Tore. Sie schritten hindurch und überquerten den Hof bis zum Haus, in dessen Tür sie von Ralf Schneider empfangen wurden, der sie, mit einem Morgenmantel bekleidet, neugierig ansah.

»Guten Abend, Herr Schneider. Mein Name ist Peter Goselüschen und dies ist mein Kollege Se —«

»Ich habe Ihre Ausweise gesehen, danke. Was kann ich für Sie tun? So mitten in der Nacht?«, unterbrach er ihn.

»Hätten Sie etwas dagegen, uns hineinzubitten? Es ist nicht gerade kuschlig hier draußen.«

»Aber natürlich. Folgen Sie mir.« Sie gingen hinter ihm her und ließen sich in einen Raum führen, der Goselüschen an eine Privatbibliothek erinnerte, aber wohl das Büro Ralf Schneides war. Er bot ihnen zwei samtbezogene Stühle mit edlen Verzierungen an den Lehnen an und nahm selbst gegenüber auf dem Ottomanen Platz, einem Möbelstück, das einem Liegesofa ähnelte und in derselben Art hergestellt wurde. »Nun lassen Sie mal hören. Ich bin wahrhaftig gespannt, warum Sie um diese Zeit ein Gespräch mit mir wünschen.« Goselüschen spürte, dass Sebastian sich in seiner neuen Rolle als aktiver Ermittler etwas überfordert fühlte, daher übernahm er die Gesprächsführung.

»Wir werden nicht mehr von Ihrer Zeit in Anspruch nehmen als notwendig. Das verspreche ich Ihnen.« Er beobachtete Schneider genau, als er ihn danach fragte, wo er zur Tatzeit der beiden Morde gewesen war, und ziemlich sicher meinte er, ihn nervös zucken zu sehen.

»Warum wollen Sie das wissen? Und überhaupt, dazu müsste ich in meinem Kalender nachsehen.« Goselüschen zog Fotos der beiden Opfer aus seiner Jackentasche und legte sie vor Ralf Schneider auf den Tisch.

»Kennen Sie eine der Frauen oder beide?« Das Zucken im rechten Auge wurde deutlicher.

»Nein, sollte ich?«

»Sind Sie ganz sicher?« Goselüschen wechselte einen Blick mit Sebastian. »Denken Sie nochmal nach.«

»Wieso sagen Sie mir nicht erst einmal, warum Sie das wissen wollen?« Zunehmend rutschte er auf dem Sofa herum.

»Das sage ich Ihnen gern. Die beiden Frauen wurden ermordet.« Schweiß trat auf die Stirn Schneiders.

»Das ist ja furchtbar. Aber, aber was habe ich damit zu tun?«

»Auch das sage ich Ihnen gern. Beide Frauen waren aktiv auf dem Datingportal von Eliteflirt. Klingelt jetzt etwas bei Ihnen?« Plötzlich stand Schneider auf. Goselüschen streckte seinen Rücken durch und Sebastian sprang von seinem Sessel. Schneider hob beschwichtigend die Hände und deutete mit dem Kopf zum Schreibtisch auf der anderen Seite des Raums.

»Ich wollte nur meinen Terminkalender holen.«

»Das macht mein Kollege gern für Sie. Nehmen Sie doch bitte wieder Platz.«

»Ich, äh, es ist der mit dem schwarzen Einband, dort rechts neben der Tastatur.« Sebastian ging zum Schreibtisch hinüber, hob fragend ein Buch hoch und kehrte damit zu den beiden zurück, nachdem Schneider genickt hatte.

Schneider nahm es entgegen und vergewisserte sich noch einmal wegen der fraglichen Zeiten. Goselüschen beobachtete ihn weiter und stellte mit Genugtuung fest, dass dessen Unsicherheit wuchs. Bis Schneider auf einmal erleichtert mit dem Finger auf den Kalender tippte und ihn zu den Polizisten drehte.

»Hier, sehen Sie. Für den ersten Tag kann ich nichts vorweisen, aber an dem Tag, an dem Patricia – so nannte sie sich auf Eliteflirt – ermordet wurde, habe ich ein einwandfreies Alibi. Ich war mit meinem Partner bei einem Meeting in Zürich. Das wird er Ihnen sicher gern bestätigen und ich habe natürlich noch die Tickets vom Flug und die Rechnung des Hotels.«

»Demnach kannten Sie Hanna Rasmussen also doch«, sagte Sebastian, als Schneider den Profilnamen des zweiten Opfers nannte.

»Ja«, räumte er ein. »Aber Sie müssen verstehen, dass dies eine äußerst unangenehme Situation für mich ist. Und wie sind Sie überhaupt auf mich gekommen?«

»Wir sind von der Polizei«, sagte Goselüschen, »da war es ein Kinderspiel für uns, an die Daten derer zu kommen, die mit den Opfern auf der Plattform kommuniziert haben.«

»Verstehe«, sagte Schneider leise. »Würde es Ihnen etwas ausmachen, diese Sache vertraulich zu behandeln? Meine Frau ist zwar zum Glück gerade mit unserer Tochter im Urlaub, aber es würde ihr das Herz brechen, wenn sie das erfahren würde.«

»Zuerst müssen wir natürlich Ihr Alibi überprüfen, aber —«

»Hier ist die Nummer meines Partners, Sie können es sofort machen«, fiel er Goselüschen erneut ins Wort. Wieder wechselte Goselüschen einen kurzen Blick mit seinem Kollgen und nickte danach in Richtung Schneiders.

»Okay, rufen Sie ihn an und bitten Sie ihn, unsere Fragen zu beantworten.«

»Ja, natürlich«, sagte er eifrig und tippte auf den Kontaktbutton des Displays. Nach wenigen Sekunden hörten sie eine unwirsche Stimme über die Lautsprecherfunktion.

»Hast du mal auf die Uhr geguckt? Was willst du um diese unwirtliche Zeit von mir?«

»Tut mir leid, Claus. Pass auf, ich habe hier gerade Besuch von der Polizei und es ist wichtig, dass du ihre Fragen wahrheitsgemäß beantwortest. Ich erkläre dir morgen im Büro, worum es geht.«

»Polizei? Haben sie dich endlich wegen deinen Steuern am Arsch?«

»Sehr witzig. Nein, es ist wirklich wichtig. Warte, ich übergebe dich.« Mit diesen Worten reichte er Goselüschen das Smartphone, der Claus danach fragte, ob er bestätigen konnte, wo sich Ralf Schneider während des Mordes an Hanna Rasmussen aufgehalten hatte.

»Dafür muss ich nicht mal meinen Planer aufrufen. Wir waren in der Schweiz bei einem Geschäftstreffen mit Investoren, die unser Geschäftsmodell unterstützen wollen. Brauchen Sie sonst noch was?«

»Nein, danke«, sagte Goselüschen, »Sie haben uns sehr damit geholfen. Ihnen noch eine gute Nacht.« Er gab

Schneider das Gerät zurück, der sich ebenfalls bei seinem Partner bedankte und das Gespräch daraufhin beendete.

»Reicht das zu meiner Entlastung?«

»Ja, damit sind Sie raus aus der Nummer. Trotzdem nochmal zu den beiden Frauen, kannten Sie beide?«

»Nein«, sagte Schneider, dessen Erleichterung seiner Stimme deutlich anzuhören war. »Nur die mit dem Profilnamen Patricia habe ich vor einigen Wochen getroffen. Die Erste kenne ich nicht.«

»Getroffen oder auch ...?«, wollte Sebastian wissen.

»Nein, nur auf ein Glas Wein getroffen. Sie war nicht das, wonach ich suchte.«

»Wo fand dieses Treffen statt und wer machte den Vorschlag für die Location?«, hakte er nach.

»Hm, lassen Sie mich kurz überlegen. Das war in Aurich, das hatte ich ihr angeboten. Getroffen haben wir uns dann in einem Bistro in der Nähe des Bahnhofs. Das war ihre Idee. Warum?«

»Nur interessehalber, danke.«

»Gut«, sagte Goselüschen und notierte sich etwas.

»Wenn das geklärt ist, darf ich nun darum bitten, dass Sie diese Informationen diskret behandeln?«

»Ich sehe keinen Grund, warum wir das an die große Glocke hängen sollten«, beruhigte er ihn.

»Danke«, sagte Schneider und atmete laut aus. Er begleitete die Polizisten zur Haustür. Bevor sie gingen, drehte sich Sebastian zu ihm.

»Eines interessiert mich: Warum gehen Sie auf so eine Plattform? Ich meine, Sie haben offensichtlich Kohle genug und schrecken optisch die Frauen nicht ab –

warum gehen Sie nicht in einen Puff oder bestellen sich ein Callgirl?« Der Gesichtsausdruck Schneiders wirkte abgeklärt.

»Das ist ganz einfach. Ich will für Sex nicht bezahlen. Und auf dieser Plattform finden sich Frauen, die das genauso sehen und gern tun, was sie tun. Dazu kommt, dass man trotz eines Treffens nie weiß, ob es tatsächlich eine Stufe weitergeht. Somit bleibt es immer noch aufregend.«

»Okay, danke«, sagte Sebastian und folgte Goselüschen, der zum Wagen vorgegangen war.

»Weißt du, welches Bistro das gewesen sein könnte?«, wollte Goselüschen wissen, als sie auf dem Rückweg waren.

»Da kommt eigentlich nur eines in Frage, aber heute Nacht erreichen wir sicher keinen mehr.«

Kapitel 14

Maria hatte am Abend mit den beiden aussichtsreichsten Interessenten Dates verabredet, bevor sie sich auf den Heimweg machte. Es wurmte sie sehr, dass sie außer dieser Datinghotline noch keine Anhaltspunkte gefunden hatten, und ihre Hoffnung, dass sie zufällig bei den Treffen auf den gesuchten Killer treffen würden, hielt sich in überschaubaren Grenzen.

»Schade, aber ich hätte mich auch gewundert, wenn Gernot unser Mann gewesen wäre«, sagte sie, als sie sich am nächsten Vormittag wieder bei Sebastian trafen. Er hatte bei ihrem Treffen einfach zu harmlos gewirkt, auch wenn ihr bewusst war, dass man sich darauf nicht verlassen konnte. Manche Serienmörder verfügten über eine besondere Gabe, sich komplett zu verstellen, solange man bei ihnen nicht die richtigen Knöpfe drückte.

»Leider. Aber wir fahren gleich mal zu diesem Bistro. Vielleicht kann sich dort jemand an sie erinnern. Jeder Strohhalm könnte entscheidend sein.«

»Sicher, Gose, das stimmt. Wann öffnen die?«

»Um 11 Uhr, die haben auch einen Mittagstisch«, klärte Sebastian auf. Maria schaute auf ihre gelbe Swatch.

»In zehn Minuten also, dann lass uns mal rüberwackeln.« Sie stand auf und stupste Goselüschen am Arm an, worauf dieser seine halbvolle Tasse abstellte und ihr unmotiviert folgte.

»Wahrscheinlich ist der Kaffee dort eh besser als die Brühe hier«, sagte er und fügte in Sebastians Richtung hinzu: »Nichts für ungut.« Sebastian, der nicht immer zu wissen schien, wie er Goselüschens und Marias Äußerungen interpretieren sollte, schaute den beiden mit offenem Mund hinterher.

∗∗∗

Die junge Frau hinter dem Tresen unterbrach das Abtrocknen des Weizenbierglases, als Maria ihr ein Foto Hanna Rasmussens hinhielt.

»Hm, nein, das Gesicht kenne ich nicht, aber Sie sagten, sie wäre abends hier gewesen?« Maria nickte. »Meine Schicht endet meist gegen 20 Uhr. Warten Sie, ich geh mal eben meinen Kollegen Daniel holen, der ist fast immer abends im Dienst.« Sie stellte das Glas zu den anderen auf Hochglanz polierten und verschwand durch eine Tür, die augenscheinlich zur Küche führte. Einen Moment später erschien sie in Begleitung eines großen und kräftigen Mannes um die 30, dessen Arme von Tattoos übersät waren und auf dessen Namensschild an der Brust deutlich Daniel zu lesen war.

Er antwortete sofort, nachdem Maria ihm das Foto gezeigt und den betreffenden Tag genannt hatte.

»Klar, die kenne ich. Sie kommt öfters abends her. Und meist in wechselnder Begleitung.«

»Wissen Sie noch, wen sie das letzte Mal dabei hatte, Daniel?« Er lächelte Maria an und erhob einen Zeigefinger.

»Heute ist ihr Glückstag, Frau Kommissar. Zufällig habe ich sie an diesem Abend bedient und ich könnte

Ihnen sogar sagen, was sie verzehrt haben. Aber ich denke, das interessiert sie weniger.«

»Richtig. Können Sie den Mann beschreiben?«

»Eigentlich so wie fast alle, mit denen sie herkam. Ungefähr meine Größe, etwas schmaler als ich, dunkle, kurze Haare, um die 40 Jahre, würde ich schätzen. Typ allglatter Karrierefuzzi mit Anzug und Krawatte.«

»Irgendetwas Besonderes, Auffälliges?«, wollte Goselüschen wissen.

»Nein, nicht dass ich wüsste.«

Maria wechselte einen Blick mit Goselüschen, der bereits eifrig Notizen machte.

»Sind die beiden zusammen gegangen und wissen Sie ungefähr, wann?« Daniel überlegte einen Moment.

»Sie hatten jeder zwei Glas Wein. Danach sind sie zusammen raus, das müsste gegen 22 Uhr gewesen sein, aber hey, ich kann mich auch um `ne Stunde hin oder her verschätzen.«

»Vielen Dank, Sie haben uns sehr geholfen. Falls Ihnen noch etwas einfallen sollte, unter diesen Handynummern können Sie meinen Kollegen und mich jederzeit erreichen.«

»Für Sie, Frau Kommissarin, immer gern zu Diensten«, sagte Daniel, während er grinsend die Visitenkarten entgegennahm. Maria erwiderte sein Lächeln und machte sich mit Goselüschen auf den Weg zur Dienststelle.

»Das hilft uns nicht gerade enorm weiter.«

»Nein, nicht wirklich«, bestätigte Goselüschen.

Kapitel 15

Die folgenden Tage zehrten zunehmend an den Nerven der ermittelnden Kommissare. Gerade hatte Maria ihr sechstes Date hinter sich gebracht und saß auf dem Beifahrersitz des Transporters, den Sebastian in Richtung der Dienststelle lenkte.

»Wenn die Fingerabdrücke wieder nicht identisch sind«, sagte sie und deutete zu der in ein Taschentuch eingewickelte Untertasse – die Tasse selbst hatte ihr Flirtpartner interessanterweise nicht angefasst – die auf der Ablage zwischen den vorderen Sitzen lag, »dann können wir es bald drangeben.« Zwar hielt die Nachfrage in Katharinas Postfach unverändert an, jedoch passten kaum noch Interessenten in das von ihnen erstellte Täterprofil.

»Jo, wir werden uns wohl davon verabschieden und uns etwas anderes ausdenken müssen«, sagte Goselüschen ernüchtert.

»Vielleicht haben wir ja diesmal Glück«, versuchte Sebastian, die Stimmung im Wagen aufzumuntern, sein Gesichtsausdruck vermittelte Maria jedoch, dass er selbst nicht daran glaubte.

»Ich verstehe allerdings auch nicht, warum sich diese Männer auf der Plattform rumtreiben. Hey, das waren durch die Bank liebe, freundliche, aber absolut langweilige Typen. Ich kann mir beim besten Willen nicht vorstellen, dass die beiden Opfer nach solch trägen Dates mit denen in die Kiste gehüpft sein sollen.«

»Nun, vielleicht sind sie nicht so anspruchsvoll wie du«, sagte Goselüschen, »aber zumindest Gernot alias Ralf Schneider war bei der Rasmussen ja auch nicht zum Schuss gekommen, glauben wir seiner Aussage.«

»Das stimmt wohl. Mit ihm könnte man sicher gut ins Theater oder zu einer Ausstellung gehen und sich stundenlang unterhalten – aber mehr auch nicht.«

Sebastian manövrierte den Transporter rückwärts zwischen zwei Streifenwagen. An der Eingangstür kam ihnen die sich offenbar in Eile befindende Marion Dünemann entgegen.

»Moin«, sagte sie zu den Dreien und war schon einige Schritte entfernt, als Maria ihr nachrief:

»Gibt es Nachricht von unserem Rechtshilfeersuchen wegen Eliteflirt?« Abrupt blieb ihre Chefin stehen, drehte sich halb um und schüttelte den Kopf.

»Nein, das ist wie verhext. Ich werde später mal nachhaken. Aber jetzt entschuldigen Sie mich, ich muss zur Staatsanwaltschaft.« Ohne eine Reaktion ihrer Mitarbeiter abzuwarten, setzte sie mit schnellen Schritten ihren Weg fort.

»Dreck«, sagte Goselüschen und beschrieb damit, was auch Maria und Sebastian dachten.

In Sebastians Büro angekommen diskutierten sie abermals über ihre bisherigen Ergebnisse und kamen überein, einen letzten Versuch zu unternehmen, sollte sich ein passender Interessent für Katharina finden. Kurz zuvor hatte der Computer beim Abgleichen des Fingerabdruckes von Marias letztem Flirtpartner zwar eine Übereinstimmung ausgespuckt, allerdings nicht mit den sichergestellten bei ihrem Opfer. Der Mann war im Zuge eines Strafverfahrens wegen Versicherungsbetruges vor einigen Jahren erkennungsdienstlich erfasst worden.

Daher hockten sie ohne große Motivation nebeneinander vor dem Bildschirm, auf dem sich binnen Sekunden die Homepage von Eliteflirt aufbaute. Sebastian loggte sich auf dem Katharina-Account ein und es erschien die Zahl 6 im Postfach der neu eingegangenen Nachrichten. Ein kurzer Blick auf die Profile der Absender genügte jedoch, um sie von vornherein als Verdächtige auszuschließen, da jeder einzelne die vorgegebenen Parameter deutlich verfehlte.

»Damit können wir das Projekt als gescheitert bezeichnen«, sagte Goselüschen, während er mit der flachen Hand auf den Tisch schlug. Maria zuckte mit den Schultern und Sebastian schloss das Fenster der Homepage.

»Schade«, sagte er, »ich dachte wirklich, dass wir ihn so drankriegen können.«

»Ich auch«, sagte Maria, erhob sich und folgte Goselüschen, der bereits in der Türschwelle stand. »Beim nächsten Fall sind wir bestimmt erfolgreicher«, munterte sie ihren jungen Kollegen auf.

»Jetzt können wir nur noch abwarten, bis die endlich in die Füße kommen und uns die Daten schicken«, sagte Goselüschen auf dem Flur.

»Was hoffentlich zügig vonstattengeht. Nicht, dass er in der Zwischenzeit zuschlägt und wir Opfer Nummer drei serviert bekommen.«

***

Immer mal wieder in den letzten Tagen hatte er Katharinas Profil besucht. Sie schien sehr umtriebig zu sein, stellte er fest. Denn täglich loggte sie sich mehrfach ein, wie er an ihrem Status erkennen konnte. Sie passte laut ihrer Angaben perfekt in sein Beuteschema und nach der unglaublichen Niederlage, die er vor kurzem erdulden musste – die Schlampe hatte ihn versetzt, war einfach nicht am Treffpunkt aufgetaucht – erschien sie ihm wie vom Schicksal serviert. Er war sicher, dass sie ihm aus der Hand fressen und es sich richtig von ihm besorgen lassen würde, um hinterher ihr blaues Wunder zu erleben. Er lachte kurz wegen seines, wie er fand, gelungenen Wortspiels auf. Die bekannte Frauenstimme hinter ihm ließ ihn zusammenzucken.

»Na, vermengen wir wieder Privates mit Dienstlichem?«

»Kannst du nicht anklopfen, Swantje?«, fuhr er sie an, während er hastig den Laptop zuklappte.

»Haha, erwischt, würde ich sagen«, zog sie ihn wegen seiner Geheimniskrämerei auf und hockte sich leicht versetzt ihm zugewandt auf die Kante der Schreibtischplatte. Er rollte auf seinem Drehstuhl von ihr weg, stand auf und ging zum Partykühlschrank, der zwischen zwei Regalschränken eingelassen war.

»Hast du nichts Besseres zu tun, als mir auf den Sack zu gehen?« Er griff nach zwei kleinen Flaschen Cola Zero, reichte eine davon an seine Kollegin und ging mit der anderen zurück zu seinem Platz.

»Danke«, sagte sie und nahm einen großen Schluck. »Sag mal, was ist eigentlich die letzten Wochen los mit dir? Du wirkst extrem angespannt und etwas aggressiv.« Genau so fühlte er sich im Moment, über die Maße angespannt, weil sie ihn dabei unterbrochen hatte, für Entspannung zu sorgen. Aber das würde sie nicht verstehen. Niemand verstand ihn. Nicht einmal er sich selbst.

»Tut mir leid, wenn ich so wirke«, sagte er mit ruhiger Stimme, »ich hatte die letzte Zeit viel um die Ohren.«

»Lässt dich deine Frau nicht mehr ran?« Sie schaute ihn provozierend an. Er musste sich beherrschen, sie nicht zu packen und an die Wand zu schleudern, schaffte es aber, kurzfristig seine Wut zu bändigen.

»Ich wüsste nicht, was dich das anginge. Es wäre sehr freundlich, wenn du mich jetzt weiterarbeiten lassen würdest.«

»Wie du meinst«, sagte Swantje schulterzuckend und tippelte aus seinem Büro. Er wartete, bis sie außer Sichtweite war, und schloss die Tür. Eine weitere Störung konnte er im Augenblick wahrlich nicht gebrauchen, schließlich hatte er etwas vor.

Kapitel 16

Maria kehrte gerade von ihrer abendlichen Joggingrunde zurück. Sie hatte versucht, sich den Frust der letzten Tage aus dem Körper zu laufen, was allerdings nur zu einem Teil von Erfolg gekrönt war. Sie fühlte sich auf eine gewisse Art hilflos, aber auch verantwortlich den Frauen gegenüber, die ahnungslos dem irren Killer in die Quere kommen könnten. Kurzerhand fasste sie einen Entschluss, den sie nicht gedachte, mit ihren Kollegen abzustimmen.

Im Vorbeigehen startete sie ihren Laptop, damit er während ihrer Dusche bereits hochfahren konnte.

Vom Wasser erfrischt und der Überzeugung, das Richtige zu tun, loggte sie sich auf Katharinas Account ein und rief anschließend erneut die Suchmaske auf, die sie ganz am Anfang laufen gelassen hatte, um die Profile der beiden Opfer zu finden. Der Computer spuckte 132 Profile aus, die in etwa vergleichbar waren. Jedem einzelnen sendete sie eine Nachricht mit folgendem Wortlaut:

»Dies ist eine Information der Kriminalpolizei. Wir hegen den Verdacht, dass auf diesem Portal ein mutmaßlicher Serienmörder gezielt nach Frauen sucht. Ihre persönliche Profilbeschreibung entspricht in etwa dem der bisherigen Opfer. Bitte seien Sie sehr aufmerksam und vorsichtig, wenn Sie über dieses Portal Bekanntschaften schließen. Nähere Informationen bekommen Sie beim Ersten Fachkommissariat der Kriminalpolizei Aurich.« Als Copy and Paste schickte sie die Nachricht mit erklärenden Ergänzungen an die Dienststelle, damit sie bei möglichen Nachfragen wussten, worum es ging. Doch insgeheim vermutete Maria, dass nur sehr wenige diesen Schritt gehen würden, da es vielen eher unangenehm sein dürfte, mit diesem Portal in Verbindung gebracht zu werden. Die rechtlichen Konsequenzen, die vom Seitenbetreiber drohen könnten, waren Maria momentan gleichgültig – hätten diese sich mit der Übermittlung der Daten beeilt, wäre der Täter möglicherweise bereits überführt worden.

Knapp eine Stunde später, es war kurz nach 19 Uhr, drückte Maria zum 132. Mal auf den Senden-Button, lehnte sich zurück und atmete tief durch. Gerade wollte sie sich ausloggen, da änderte sich das Feld mit den ungelesenen Nachrichten von 0 auf 1. Lustlos öffnete sie ihre virtuelle Post. Es würde sein wie bei den anderen Malen: Ein viel zu alter oder junger Bewerber oder einer, der anders durchs Raster fiel.

Als sich das Fenster öffnete und sie das Foto Sinclairs sah, wie sich der Absender nannte, hielt sie den Atem an. Diese schwarzen Augen, dachte sie fasziniert. Es kam ihr vor, als würden sie tief in ihre Seele blicken, fast so, als stünde er ihr leibhaftig gegenüber. Maria zwang sich, den Blick von dem Bild zu wenden. Sie schüttelte sich. Was zum Teufel war los mit ihr? Das war schließlich nur ein dämliches Foto! Aber der Mann darauf mit dem breiten Kinn, das perfekt von einem Dreitagebart gerahmt wurde, und dem feinen Lächeln, das seine Lippen umspielte, ließ ihr einen wohligen Schauer über den Rücken laufen. Die blasse, halbmondförmige Narbe über seinem Auge machten ihn noch eine Nuance interessanter.

»Sinclair, oh là là, wenn der Rest von dir hält, was dein Foto verspricht, dann sollten wir uns dringend kennenlernen.« Ihre Augen wanderten zum Textfeld und die Worte, die dort auftauchten, erstaunten sie erneut.

»Katharina, falls du danach strebst, deine geheimsten Wünsche erfüllt zu bekommen, bist du in zwei Stunden vor dem Pingelhus in Aurich. Sinclair.«

»Wie bitte? Was denkt der sich denn?« Maria war überrumpelt. Dieser Sinclair, wie er sich nannte, schien jedenfalls nicht über ein mangelndes Selbstwertgefühl zu klagen. Andernfalls, sinnierte sie, forderten Profile wie die der Opfer und auch Katharinas genau diese Art von Männern geradezu heraus, mit der Tür ins Haus zu fallen. Und eines musste man diesem Kerl lassen – abgesehen davon, dass er ein Serienmörder sein könnte – er hatte eine erstaunliche Wirkung auf sie und wahrscheinlich auch auf viele ihrer Geschlechtsgenossinnen. »Okay, mein Freund.« Maria guckte zur Uhr. »Kein Problem, ich werde da sein und dann wollen wir mal sehen, aus welchem Holz du wirklich geschnitzt bist.«

***

Es dauerte ein paar Minuten, bis Maria im Internet herausgefunden hatte, wo sich das Pingelhus befand, und dass das zweigeschossige Gebäude mit Walmdach und einer Glocke obendrauf als eines der Wahrzeichen Aurichs galt. Wieder was gelernt, dachte sie bei sich und amüsierte sich darüber, dass diese Sehenswürdigkeit gerade mal einen Katzensprung von ihrer Dienststelle entfernt lag.

Sie konnte weder Goselüschen noch Sebastian erreichen, daher beschloss sie, es erneut zu versuchen, nachdem sie sich fertig gemacht haben würde. Die letzten Nächte hatte es bereits Frost gegeben, daher entschied sie sich für ein etwas weniger sexy wirkendes, dafür warmhaltendes Outfit. Den eventuell fehlenden Sexappeal würde sie halt durch ihre Ausstrahlung und das perfekte Make-Up ausgleichen, sofern das unter ihrer grauen Wollmütze überhaupt möglich war.

Bevor sie zur Tür ging, versuchte sie es erneut bei ihren Kollegen. Da jedoch abermals nur das Freizeichen erklang, sprach sie beiden ihr Vorhaben auf das Band, in der Annahme, dass sie es einerseits rechtzeitig abhören würden und andererseits, dass es heute ebenso ungefährlich verlaufen würde, wie es bei den vergangenen Dates der Fall gewesen war. Zur Sicherheit steckte sie sich trotzdem die kleine Pfefferspraydose in die Jackentasche. Unschlüssig, ob sie das Auto oder das Rad nehmen sollte, blieb sie in der Tür stehen. Ach was, du hast noch Zeit genug, sagte sie sich und holte ihr Tourenrad aus dem Schuppen neben ihrem Haus.

Der Gegenwind brannte etwas in den Augen, doch sie sah es als kleines Warm-up für das Treffen und außerdem sorgte die kühle Abendluft dafür, dass ihr Verstand besser arbeitete. Sie brauchte nur gut 20 Minuten für die fünf Kilometer. Zwei Straßen weiter stellte sie ihr Fahrrad vor der Fitnessfabrik ab, in der sie seit ihrem Umzug Mitglied war, und verschloss es. Natürlich hätte sie es auch ein paar hundert Meter weiter bei ihrer Dienststelle parken können, aber sie wollte verhindern, dass Sinclair – sollte er gerade in diesem Moment vorbeikommen – sie damit in Verbindung brachte.

»Auf geht´s«, sagte sie sich und bereitete sich innerlich vor, Sinclair gegenüberzutreten.

Je näher sie dem Treffpunkt kam, umso unwohler fühlte sie sich. Aber es half jetzt alles nichts, ein Rückzieher kam für sie nicht in Betracht.

Die Straße, die nur spärlich von den Laternen beleuchtet wurde, war menschenleer und auch als sie direkt vor dem Pingelhus angekommen war, konnte sie niemanden sehen.

»Guten Abend, Katharina, schön, dass du es einrichten konntest«, ließ sie eine tiefe Männerstimme hinter sich zusammenfahren. Sie wirbelte herum und blickte dem lächelnden Mann, den sie vor wenigen Stunden auf dem Profilbild zum ersten Mal gesehen hatte, in die dunklen Augen. Kein Zweifel, das war Sinclair.

»Du hast mich ganz schön erschreckt. Gehört das zu deiner üblichen Herangehensweise?«, erwiderte Maria und versuchte dabei, nicht zu echauffiert zu klingen. Offenbar mit Erfolg, denn Sinclair lächelte die Zurechtweisung einfach weg.

»Das wird nicht das Letzte sein, was dich heute erschaudern lässt – wenn du dazu bereit bist.« Er wartete ihre Reaktion nicht ab, sondern berührte sie leicht am Ellbogen und machte einen Schritt neben sie. »Komm, wir gehen ein Stück.« Maria, die sich zum zweiten Mal heute überrumpelt fühlte, dachte nicht weiter darüber nach und ging mit einer handbreit Abstand neben ihm her.

»Wohin gehen wir?« Sie schlenderten in die Richtung, aus der sie gerade gekommen war, was Maria etwas beruhigte, da dort zumindest ein paar Menschen unterwegs waren und der Fischteichweg gut ausgeleuchtet war.

»Erstmal dorthin, wo etwas bessere Sicht herrscht. Ich denke, wir beide wollen schließlich wissen, was uns erwartet.« Alles klar, dachte Maria, erst die Fleischbeschau und bei Gefallen geht es weiter. Irgendwie interessant dieser Ablauf, der für ihr reales Leben nicht in Frage käme. Aber sie war jetzt nicht die toughe Maria, sondern Katharina, die es sich gern besorgen ließ und alles tat, was Mann von ihr verlangte. Also würde sie mitspielen müssen – solange sie es vertreten könnte.

»Mir gefällt ganz gut, was ich sehe«, sagte sie, als ihre beiden Gesichter gut ausgeleuchtet waren.

»Daran hatte ich keinen Zweifel«, sagte er, ohne arrogant zu klingen. Er drehte sie zu sich und schob mit einer Hand ihr Kinn etwas nach oben. »Aber auch du gefällst mir ausgezeichnet.« Sie setzten ihren Weg fort in Richtung Hafen und somit weg von der Polizeidienststelle. War es das jetzt? Hab ich nun quasi allem zugestimmt, was nun folgt? So läuft das? Diese Fragen und einige andere schossen ihr durch den Kopf. Verdammt, nein! Sie würde nicht mit diesem Kerl in die Kiste hüpfen, nur damit sie Spuren zum Vergleichen bekämen. Sie müsste es irgendwie anders bewerkstelligen. Nur wie? Sinclair trug Handschuhe, wie sie selbst auch, und da er seine Haare recht kurz trug, konnte sie auch nicht unauffällig welche von seiner Jacke aufsammeln.

»Es ist nicht mehr weit, wir sind gleich da«, sagte er, nachdem sie einige Zeit unterwegs waren und es wieder einsamer und dunkler um sie herum wurde. Lediglich ein älterer Mann, der seinen Hund ausführte, kam ihnen vor einigen Minuten entgegen und eine in dunkle Sportklamotten eingepackte Frau joggte an ihnen vorbei. Als Sinclair mit ihr offenbar auf eine düstere Gasse zusteuerte, nutzte Maria die beleuchtete Kreuzung davor.

»Warte«, sagte sie und blieb stehen, »ich glaube nicht, dass ich dir dort entlang folgen werde.« Sie deutete in die Dunkelheit. »Spannende Aufregung schön und gut – aber das wird mir jetzt etwas zu gruselig.« Sinclair war einen Schritt weitergegangen, bevor er Marias Stopp bemerkt hatte. Nun drehte er sich um, das Lächeln schien eingefroren.

»Was meinst du damit?« Seine unterkühlte Stimme ließ Maria frösteln.

»Ich breche es ab und gehe. Punkt.«

»Das kannst du nicht tun.« Er trat auf sie zu, worauf sie zurückwich. Hektisch suchte sie nach ihrem Pfefferspray.

»Und ob ich das kann«, entgegnete sie entschlossen. »So heiß wie du denkst, bist du auch wieder nicht.« Sie hatte ihn unterschätzt. Er schnellte vor, hielt mit einer Hand ihren Arm fest, sodass sie das Spray nicht benutzen konnte, und seine andere Hand griff an ihren Hals. Mit einem Ruck warf er sie gegen die Wand des Eckhauses, vor dem sie standen, und während er ihre Kehle weiter zudrückte, war sein Gesicht nur Zentimeter von ihrem entfernt.

»Das lasse ich mir nicht bieten«, zischte er und sein Speichel spritzte in ihr Gesicht. Sie versuchte, sich ihm zu entwinden, und es gelang ihr, ihn mit ihrem Knie zwischen seine Beine zu treffen, woraufhin er seinen Griff etwas lockerte. Doch bevor sie zum Gegenangriff ansetzen konnte, traf sie seine Faust an der Schläfe, sodass ihr Hinterkopf an die Steinwand stieß. Helle Blitze blendeten ihre Augen, sie trat abermals und erwischte sein Schienbein, was er mit einem schmerzerfüllten Fluch quittierte. Kurz schien die Zeit stillzustehen, bis aus einem Fenster ein paar Häuser weiter jemand rief:

»Was zur Hölle soll der Radau da unten?« Sie nutzte die kurze Ablenkung und warf sich ihm entgegen, zog gleichzeitig das Pfefferspray aus der Tasche und sprühte es dem einen Kopf größeren Mann ins Gesicht, der durch die Wucht des Aufpralls ins Stolpern kam. Er schrie gequält auf und konnte sich gerade noch vor einem Sturz abfangen. »Du Dreckschlampe«, spie er aus und dann hörte sie ihn weglaufen.

Mit dröhnendem Schädel lehnte sie sich an die Hauswand, rutschte daran herunter und hielt sich die Hände an den Kopf. Sie schreckte auf, als sie sich ihr nähernde Schritte registrierte. Das würde er nicht wagen, oder?, fragte sie sich mehr verärgert als verängstigt und zwang sich, ihre Augen zu öffnen.

»Alles okay bei dir?«, fragte eine bekannte Männerstimme.

»Sebastian?« Maria konnte gerade nicht klar denken. Wo kam der plötzlich her? »Ja, es geht. Hol dir den Schweinehund!« Sebastian warf einen Blick auf sie und rannte dem Flüchtenden hinterher, der bereits von der Dunkelheit verschluckt worden war.

Einige Zeit später, Maria kam es wie Stunden vor, obwohl es nur ein paar Minuten waren, kam Sebastian zurück. Ein Anwohner, der durch den Krach vor seinem Haus aufmerksam geworden war, kümmerte sich gerade um Maria, die mittlerweile wieder einigermaßen klar denken konnte.

»Sorry, er ist entwischt.«

»Das macht nichts, den kriegen wir auch so. Aber woher wusstest du?« Sebastian lächelte stolz.

»Als ich deine Nachricht abgehört habe, bin ich sofort zu eurem Treffpunkt gefahren und hab euch gerade noch gesehen, als ihr losgegangen seid. Da bin ich euch unauffällig gefolgt. Tut mir leid, dass ich nicht eingreifen konnte, aber das ging auf einmal alles sehr schnell.«

»Es war mein Fehler«, räumte Maria ein, »aber ich freue mich, dass du da bist.« Danach bedankte sie sich bei ihrem freundlichen Helfer und ließ sich von Sebastian ins Krankenhaus bringen, um ihre Kopfverletzung erstversorgen zu lassen.

»Das Schlimmste an allem ist aber, dass ich außer zu seinem Gesicht nicht viel zu ihm sagen kann«, sagte Maria, deren Wunde am Hinterkopf geklammert werden musste, auf der Fahrt vom Krankenhaus nach Hause.

»Du nicht«, sagte Sebastian, »aber ich vielleicht. Kennst du die?« Er griff auf den Rücksitz und zeigte Maria einen gefüllten Klarsichtbeutel.

»Ist das etwa seine Mütze?«

»Jedenfalls habe ich die nach etwa fünfzig Metern Verfolgungsjagd gefunden. Und da sie noch tipptop sauber ist, hat sie sicher noch nicht lange dort gelegen.«

»Es würde mich sehr überraschen, wenn wir da nichts finden, das mit der DNS von den Tatorten übereinstimmt. Der Typ ist krass krank, das steht schonmal fest.«

Das Fahrzeug bremste ab und rollte auf Marias Einfahrt. Maria öffnete die Tür und wandte sich Sebastian zu.

»Bist du sicher, dass du klarkommst?«, wollte er wissen. Unter leichten Schmerzen lächelte sie und stieg aus.

»Ja, die örtliche Betäubung hilft ganz wunderbar, wahrscheinlich bekomm ich morgen dafür einen Brummschädel wie nach einem durchzechten Wochenende.« Die Antwort Sebastians wurde vom Läuten Marias Smartphones unterbrochen. Sie schaute auf das Display, erkannte die Nummer jedoch nicht. »Fortmann«, meldete sie sich.

»Ich bin´s, Daniel aus dem Bistro.« Oh mein Gott, dachte Maria, der will doch jetzt kein Date mit mir.

»Hi, Daniel. Es ist gerade sehr unpassend.«

»Warten Sie, Frau Fortmann, es könnte wichtig sein.« Maria stutzte und schaltete den Lautsprecher ein, damit Sebastian dem Gespräch folgen konnte.

»Schießen Sie los«, forderte Maria ihn auf.

»Also, Sie sagten doch, ich solle mich melden, falls mir noch etwas einfällt. Und Sie werden es nicht glauben. Ich chille hier und zieh mir gerade einen *Harry Potter* Film rein

–« Sie stellte sich vor, wie dieser Bär von Mann vor dem Fernseher saß und *Harry Potter* schaute. Amüsante Vorstellung.

»Kommen Sie bitte zum Punkt«, sagte sie augenrollend, auch wegen ihres Abschweifens.

»Ja, also, da guck ich mir den witzigen Film an und mit einem Mal fällt es mir wie Schuppen aus den Haaren oder wie man sagt, jedenfalls sehe ich die Narbe von diesem Zauberernerd und keine Ahnung, warum ich letztens nicht dran gedacht habe, aber passen Sie auf: Der Typ, mit dem die Hanna hier war, der hatte auch eine Narbe auf der Stirn. Zwar etwas kleiner als die von Potternase und eher ein Halbkreis, aber auf jeden Fall hatte er eine.« Maria wechselte einen schnellen Blick mit Sebastian, bedankte sich bei Daniel, beendete das Gespräch und ließ sich wieder auf den Beifahrersitz fallen.

»Auf zur Dienststelle?«

»Erfasst, Basti, auf zur Dienststelle.«

Vor dem Büro wartete bereits Goselüschen, der sich mittlerweile gemeldet hatte. Die Anrufe Marias hatte er nicht gehört, da er vor dem TV eingeschlafen war und seine Frau – eigentlich Ex-Frau, aber das war kompliziert, wie er sagte, sprach ihn jemand darauf an – war bei Freunden zum Spieleabend.

»Du machst Sachen«, begrüßte er sie kopfschüttelnd und fügte, nachdem er sich vergewissert hatte, dass es ihr gut ging, hinzu: »Man kann dich auch wirklich nicht allein auf die Straße lassen.«

»Ist ja gut, spar es dir.« Sebastian huschte zwischen den beiden hindurch zu seinem Arbeitsplatz und fuhr den Rechner hoch.

»Verdammt!«, kam es fast gleichzeitig aus ihren Mündern, als sie sahen, dass Sinclair das Profil Katharinas blockiert hatte, was nach sich zog, dass sie keinen Zugang mehr zu seinem Foto hatten.

»Egal, dann muss Fatma ran«, sagte Sebastian und suchte nach der Nummer ihrer Spezialistin für die Erstellung von Fahndungsfotos.

Wie der Zufall es wollte, konnten sie ihre Kollegin abfangen, als diese gerade nach Hause wollte. Dank Marias Erinnerungsvermögens konnte sie innerhalb einer halben Stunde ein mehr als passables Bild ihres mutmaßlichen Serienmörders erstellen.

»Danke Fatma, fast wie echt, sehr gute Arbeit«, lobte Maria die junge, schwarzhaarige Kollegin, die erleichtert ausatmend die Datei sicherte und an Sebastian zur weiteren Verwendung schickte.

Kapitel 17

Er zuckte zusammen, als Swantje ins Büro gestürmt kam und hinter sich die Tür mit einem lauten Knall zuwarf.

»Was zur Hölle –«

»Kommst du eigentlich noch klar?«, unterbrach sie ihn mit schneidender Stimme. Sein Gesichtsausdruck änderte sich schlagartig von verärgert zu verwundert. Sie ignorierte es, schob sich neben ihn und drehte seinen Laptop so, dass sie die Tastatur bedienen konnte. Er war zu perplex, um reagieren zu können, und fragte nur:

»Was ist?« Sie öffnete den Browser, gab zwei Schlagworte bei Google ein und im nächsten Moment öffnete sich die Facebookseite der Polizei Niedersachsen. Langsam stieg die Ahnung in ihm hoch, dass Swantjes Aktion etwas mit dem völlig misslungenen gestrigen Abend zu tun haben könnte. Als ihn jedoch das Phantombild anstarrte, das ihm sehr ähnlichsah, hatte er das Gefühl, von einem Vorschlaghammer mitten im Gesicht getroffen worden zu sein. »Das, das kann doch nicht –«, stotterte er und als Swantje etwas runterscrollte, schlug der Hammer ein zweites Mal zu, allerdings zehnmal härter.

Die Polizei Niedersachsen bittet um Ihre Mithilfe.

Dieser Mann ist des Doppelmordes dringend tatverdächtig. Sollten Sie Informationen haben, die zur Ergreifung des Mannes führen könnten, wenden Sie sich bitte umgehend an die nächste Polizeidienststelle oder rufen Sie direkt bei der unten angegebenen Nummer an. Wir raten zur Vorsicht und weiterhin dringend davon ab, sich ihm zu nähern. Er gilt als äußerst gewaltbereit.

Es folgten Angaben zu seiner Person in Bezug auf Größe, Statur und besondere Kennzeichen. Des Weiteren wurden die beiden Taten angerissen, die ihm zur Last gelegt wurden. Am Ende des Beitrages stand fett die zu wählende Telefonnummer.

»Das kann doch wohl nicht wahr sein, ich dachte, du hättest dein Problem mittlerweile im Griff, und nun sowas?«, kreischte sie ihn fast an.

»Aber, aber, das kann nicht sein. Die beiden haben doch noch gelebt, als ich mit ihnen fertig war«, sagte er mit einem verzweifelten Ton in seiner Stimme.

»Bist du dir ganz sicher?«, fuhr sie ihn an. »Das sieht nämlich nicht danach aus!« Sie tippte energisch auf den Bildschirm. Er hielt seine Hände vor das Gesicht und schluchzte.

»Ich glaube schon. Sie haben jedenfalls geatmet. Das hätte ich doch sonst gemerkt.«

»Na klar, wo du dich auch immer so unter Kontrolle hast, du Freak.« Sie legte eine Hand auf seine Schulter. »Du musst dich stellen.« Er wich zurück.

»Was? Nein! Ich habe doch nichts getan. Also ich hab sie nicht umgebracht«, schrie er. »Glaube ich jedenfalls«, fügte er leise hinzu, nachdem Swantje ihren Zeigefinger vor die Lippen gehalten hatte.

»Ansonsten bleibt dir nur eins: Dich schnellstmöglich abzusetzen. Spätestens morgen früh, wenn dein Bild in den Zeitungen auftaucht, bist du geliefert«, sagte sie ruhig. Er fühlte sich hilflos wie ein ausgesetztes Kleinkind.

»Ja«, griff er verzweifelt Swantjes Vorschlag auf. »Ich muss abhauen. Nach Südamerika oder Asien.« Er schluckte schwer und stand auf. »Genau, alles andere ergibt keinen Sinn.«

»Wo willst du hin?«, fragte sie, während sie ihn davon abhielt, aus dem Büro zu rennen, indem sie sich ihm in den Weg stellte. »Sie suchen doch schon überall nach dir.«

»Ich muss zur Bank, Geld holen.«

»Ganz schlechte Idee, die Banken bekommen solche Fahndungsfotos doch als Erstes und außerdem sind dort überall Kameras. Hör zu, ich mache dir einen Vorschlag, auch wenn der mich in Teufels Küche bringt – aber schließlich bist du mein bester Freund.« Mit Tränen in den Augen sah er sie an.

»Ja? Was denn?«

»Pass auf, hier sind meine Wohnungsschlüssel.« Sie drückte ihm den Schlüsselbund in die Hand. »Versuch, möglichst unauffällig dahin zu kommen. Ich hole in der Zwischenzeit mit deiner Kreditkarte so viel Geld von deinen Konten ab wie möglich. Das bringe ich dir und du haust mit meinem Auto ab.« Unkonzentriert folgte er ihren Ausführungen.

»Aber dann hängst du doch auch mit drin.«

»Ich werde meinen Wagen heute Abend als gestohlen melden. Bis dahin musst du mindestens in Polen oder der Ukraine sein oder wo auch immer es dich hintreibt.« Ihm blieb keine Wahl. Er hatte die Frauen nicht ermordet, daran glaubte er zumindest, sicher war er nicht. Vielleicht war er wirklich über das Ziel hinausgeschossen und sie hatten innere Verletzungen, an denen sie letztendlich krepiert waren. Er wusste es nicht und Swantje hatte recht damit, dass er sich in Rage überhaupt nicht mehr unter

Kontrolle hatte. Aber er wollte nicht in den Knast. Und für Doppelmord würde er lebenslang kriegen, daran bestand nicht der Hauch eines Zweifels.

»Danke«, sagte er und zog eine EC- und zwei Kreditkarten aus seiner Brieftasche. Mit zittrigen Fingern schrieb er die jeweilige PIN darauf und schob sie zu Swantje. Sie öffnete die Tür und vergewisserte sich, dass niemand dort war.

»Nimm den Fahrstuhl. Über die Tiefgarage kommst du am unauffälligsten aus dem Gebäude. Ich beeile mich und versuche, in ein bis zwei Stunden in meiner Wohnung zu sein. Und setz dir verdammt nochmal `ne Mütze auf!« Sie schob ihn auf den Korridor.

***

Bereits in den frühen Morgenstunden hatten sie alle Anlieger am Ort des Übergriffes an Maria befragt, ob jemand zum Fahndungsfoto Sinclairs eine Wohnung zuordnen könnte. Vergebens. Niemand erkannte ihn.

Mittlerweile war Sebastians Büro zum Headquarter für diesen Fall geworden. Wie die letzten Tage saßen sie auch heute Vormittag dort zusammen. Maria war trotz ihrer Kopfschmerzen zum Dienst erschienen und dankbar dafür, dass Sebastian ihre missratene Aktion des gestrigen Abends nicht an die große Glocke gehängt hatte. Denn ihrer Chefin würde es sicher überhaupt nicht gefallen, dass Maria sich ohne Rückendeckung in Gefahr gebracht hatte – das schließlich hatte sie ihr bei ihrem ersten Gespräch deutlich eingetrichtert.

»Es kommen ständig neue Hinweise rein«, sagte Sebastian.

»Hilfreiche?«, wollte Goselüschen wissen.

»Na ja, die meisten gehen in Richtung ‚könnte es sein‘ oder ‚bin aber nicht sicher‘.«

»Trotzdem müssen wir allen nachgehen«, sagte Maria. Ein Kollege steckte plötzlich seinen Kopf in die Tür.

»Da ist ein interessanter Anruf auf der Hotline. Soll ich durchstellen?«

»Ja bitte«, erwiderte Sebastian. Der Kollege verschwand und die drei schauten sich erwartungsfroh an. Das Telefon summte, Goselüschen griff nach dem Hörer, während Sebastian auf Mithören stellte.

»Kriminalpolizei Aurich, Goselüschen am Apparat. Mit wem spreche ich und was kann ich für Sie tun?« Eine aufgeregte Frauenstimme meldete sich.

Kapitel 18

Er fühlte sich, als ob ihm der Stecker gezogen worden wäre. Rastlos lief er in Swantjes Wohnung auf und ab, setzte sich kurz auf einen Sessel, nur um im nächsten Moment wieder aufzuspringen und in ein anderes Zimmer zu laufen.

Ziemlich sicher hatte er ungesehen die Wohnung erreicht und sofort alle Rollläden zu dreiviertel heruntergelassen. Verstohlen blickte er aus dem Fenster. Wo blieb sie nur, verdammt? Er konnte es immer noch nicht fassen, doch je länger er darüber nachdachte, umso mehr überkam ihn die Überzeugung, dass er die beiden doch auf dem Gewissen hatte. Warum nur mussten ihn die Scheißschlampen auch immer so provozieren?

Er eilte in die Küche und holte sich ein kühles Bier, das er in einem Zug leerte.

»Du Idiot, hör auf zu saufen«, sagte er sich, schließlich stand ihm noch eine mehrstündige Autofahrt bevor und weiß Gott, was er alles noch bedenken müsste, sobald er sich in Sicherheit gebracht hatte. Wenn Swantje kein Problem mit den Karten hätte, müsste er sich zumindest kurzfristig um Geld keine Sorgen machen, die Auszahlungslimits waren dank seines Einkommens sehr hoch. Und falls er schnell genug wäre, könnte er in Osteuropa noch etwas abheben, bevor die Polizei seine Konten einfrieren würde. »Wo bleibst du blöde Kuh?« Wieder tigerte er durch die Wohnung. Sie müsste längst da sein. Er wartete doch bestimmt schon weit über eine Stunde. Hektisch durchsuchte er ihre Schubladen. Irgendwo müsste sie doch Zigaretten liegen haben, seine letzten fünf hatte er bereits durchgezogen. »Gott sei dank«, stieß er aus. Er hatte eine angebrochene Schachtel Lucky Strike gefunden und zündete sich hastig eine an. Gierig sog er den schädlichen Rauch tief in die Lunge und atmete ihn langsam wieder aus.

Dankbar nahm er die scheinbare Entspannung an, die das Nikotin seinem Gehirn vorgaukelte. Beim nächsten Blick aus dem Fenster schaute er auf die Dächer zweier Lieferwagen, die vorhin noch nicht dort standen. Er schweifte mit seinem Blick über die Straße und endlich erkannte er Swantjes grünen Audi, als dieser auf die Hofeinfahrt bog. »Das wurde auch Zeit.« Er steckte sich die nächste Zigarette an und trat von einem Bein aufs andere.

Wenig später hörte er sich nähernde Schritte vor der Wohnungstür. »Endlich«, seufzte er und griff nach der Klinke.

***

»Mein Name ist Swantje Detersen. Ich lebe in Leer und ich kann Ihnen sagen, wo Sie den Mann finden, von dem Sie heute das Bild auf Facebook gestellt haben.« Es war absolut still im Büro, man hätte eine Nadel auf den Boden fallen hören können. Maria hielt den Atem an und Sebastian zog die Augenbrauen nach oben. Lediglich Goselüschen sah aus, als ob ihn das alles nichts anging.

»Dann schießen Sie los«, forderte er die Anruferin auf.

»Er ist zur Zeit in meiner Wohnung, zweiter Stock, Bavinkstraße 6 in Leer, gegenüber vom Landkreis.«

»Sind Sie absolut sicher, Frau Detersen?«

»Ja, ich habe ihn vor etwa einer Stunde selbst dort hingeschickt.«

»Danke, bleiben Sie bitte kurz in der Leitung, ein Kollege wird gleich Ihre genauen Daten aufnehmen.« Goselüschen übergab Sebastian den Hörer, der das Gespräch zu einem Kollegen zurückstellte.

Noch während des Gesprächs informierte Maria von ihrem Handy aus das Sondereinsatzkommando.

»Auf was wartet ihr?«, sagte sie und stand auf. »Wir wollen uns das Schauspiel des SEKs doch wohl nicht entgehenlassen.«

»Bin dabei«, sagte Goselüschen und beide blickten auf Sebastian.

»Falls ihr nichts dagegen habt, bleibe ich hier. Der gestrige Abend hat meinen Bedarf an Aufregung gedeckt, wenn ich ehrlich bin.«

»Weichei«, sagte Goselüschen und gab ihm einen freundschaftlichen Klaps auf die Schulter. »Wir erzählen dir nachher in jugendfreier Form, wie es gelaufen ist.«

***

In dem Moment, als er durch den Türspion blickte, kam ihm die Tür krachend entgegen. Er taumelte benommen von der Überraschung und dem Schlag des Türblattes gegen sein Gesicht nach hinten. Im Bruchteil einer Sekunde hatten ihn bereits drei dunkel gepanzerte, mit

Helmen ausgestattete Polizisten auf den Boden geworfen und seine Hände auf dem Rücken gefesselt. Wie durch eine Wattewolke hörte er Frauen- und Männerstimmen, die Sachen wie ‚Gesichert‘, ‚Sicher‘ oder ‚Wohnung ist frei‘ ausriefen.

Sie führten ihn über die Treppe nach unten und beim Austreten aus der Haustür erkannte er, worum es sich bei den vermeintlichen Umzugs-LKW tatsächlich handelte. Unsanft stießen ihn die Beamten in den linken davon und fixierten ihn an der stählernen Sitzbank, auf die sie ihn drängten.

Maria und Goselüschen beobachteten den Einsatz von ihrem Dienstwagen aus, den sie gegenüber der Wohnanlage geparkt hatten.

»Hallo Sinclair, du Schwein«, begrüßte Maria den Mann aus der Ferne.

»Heb es dir für die Befragung auf«, sagte Gose.

»Ja, darauf freue ich mich schon.« Sie stiegen aus, bedankten sich bei der Einsatzleiterin des SEKs für die gute Arbeit und besprachen mit ihr die weitere Verfahrensweise. Sie würden den Festgenommenen nach Aurich überstellen und mit an Sicherheit grenzender Wahrscheinlichkeit würde sich Stefan Vogt, den sie bislang nur als Sinclair kannten, nach dem Verhör durch die beiden Kommissare in der Untersuchungshaft wiederfinden.

»Sind Sie hier zuständig?«, fragte eine Frauenstimme hinter ihnen. Die SEK-Leiterin verabschiedete sich und Maria wandte sich zu der Frau mit dem nervösen Gesichtsausdruck.

»Ja, das sind wir. Maria Fortmann und dies ist mein Kollege Peter Goselüschen.«

»Swantje Detersen. Ich habe Sie informiert, dass Stefan in meiner Wohnung ist.«

»Können Sie sich ausweisen?«, fragte Goselüschen und notierte einige Daten vom Personalausweis der jungen Frau. »Wir möchten Sie bitten, sich im Laufe des Tages bei uns auf der Dienststelle zu einer Befragung einzufinden.« Er gab ihr das Dokument zurück.

»Oh, ja, natürlich. Ich muss nur eben im Büro Bescheid geben, dass ich heute Nachmittag nicht mehr zur Arbeit komme.«

***

Wie ein Häufchen Elend hockte Stefan Vogt auf dem verchromten Stuhl in Verhörraum 4 der Polizeidienststelle Aurich. Die Kette seiner Handfessel fixierte ihn über eine stählerne Lasche, die auf der Tischplatte angebracht war.

»So sieht man sich wieder, Herr Vogt«, sagte Maria beim Betreten des Raumes. »Oder möchten Sie lieber mit Sinclair angesprochen werden?« Überrascht hob er sein tränengeflutetes Gesicht, als er die Stimme erkannte. Rein gar nichts war mehr übrig vom selbstsicheren, fast selbstgefälligen Auftreten des vergangenen Abends.

»Katharina? Was?«

»Hauptkommissarin Maria Fortmann«, stellte Goselüschen vor, »und ich bin Oberkommissar Peter Goselüschen. Sie wissen, warum Sie hier sind?« Kurz blitzte etwas Hoffnung in den Augen des Verhörten auf, doch ein Schluchzer erstickte diesen Eindruck im Keim.

»Ich, ja, nein, hören Sie«, stammelte er, »ich sage nichts ohne meinen Anwalt.«

»Ganz wie Sie wollen, das ist Ihr gutes Recht«, sagte Maria spöttisch und wies den uniformierten Beamten, der zur Sicherheit im Raum verweilte, an, Vogt seinen Anruf machen zu lassen.

Es dauerte nur eine halbe Stunde, bis der Rechtsbeistand Vogts erschien und nach einer weiteren Viertelstunde war er mit den vorliegenden Fakten und Beweisen des Falles vertraut.

»Was meinst du, wie das ausgeht?«

»Bei der Sachlage«, begann Maria, »kann ich mir nicht vorstellen, dass er ihm große Hoffnung machen wird.«

Schneller als erwartet gab der Anwalt grünes Licht für das weitere Verhör seines Mandanten.

»Stefan Vogt, Sie werden der Morde an Friederike Claaßen und Hanna Rasmussen beschuldigt. Wie wir Ihrem Anwalt bereits mitgeteilt haben, wurden an beiden Tatorten Ihre Fingerabdrücke sichergestellt. Im Falle Hanna Rasmussens wurden sie kurz vor ihrem Todeszeitpunkt gemeinsam beim Besuch eines Restaurants gesehen. Derzeit werden Ihr Büro und Ihr Privathaus von den Kollegen der Spurensicherung untersucht und wir erwarten in Kürze die Ergebnisse der DNA-Analyse aus dem Labor.« Maria beobachtete Vogt genau, während Goselüschen ihm vorlas, was sie ihm zur Last legten. Doch dieser blickte stoisch auf seine vor ihm gefalteten Hände und seine Schultern hingen hinab, wie bei einem Schüler, den man gerade in Flagranti beim Rauchen hinter der Sporthalle erwischt hatte.

»Möchten Sie sich dazu äußern, Herr Vogt? Wie Ihr Anwalt Ihnen sicher mitgeteilt hat, besteht die einzige Möglichkeit auf eventuelle Strafmilderung, wenn Sie vollumfänglich aussagen.« Stefan Vogt blickte hilfesuchend zu seinem Rechtsvertreter. Dieser räusperte sich.

»Mein Mandant möchte zu diesem Zeitpunkt keine Aussage machen, da er sich nicht vollständig an die ihm vorgeworfenen Taten erinnern kann. Er äußert sich, wenn die Untersuchungen gegen ihn abgeschlossen sind.«

»Wie Sie wünschen«, sagte Goselüschen und wiederholte den Wunsch für das Aufnahmegerät. Anschließend wurde Vogt in die Untersuchungshaft überstellt. Der Anwalt verabschiedete sich freundlich von den Polizisten.

»Bitte vergessen Sie nicht, mir zeitnah die Ergebnisse der Durchsuchungen mitzuteilen. Danke.« Maria nickte kurz und Goselüschen hob die Hand. Sie sahen ihm nach.

»Netter Typ – und dann so einen Scheißkerl als Mandanten.«

»Das kennen wir doch, Blondie.«

***

Die Schlinge um den Hals Vogts zog sich immer weiter zu. Neben einem Elektroschocker in seiner Garage fand die Spurensicherung in seinen Unterlagen Fahrkarten für die Fähre nach Norderney sowie den Kassenbeleg vom Bistro in Aurich, in dem er mit der Claaßen kurz vor ihrem Tod gewesen war.

»Es geht doch nichts über eine gute Buchhaltung«, sagte Goselüschen.

»Scheint eine Berufskrankheit zu sein«, bestätigte Maria, nachdem sie wussten, dass Stefan Vogt leitender Angestellter eines großen Kommunikationsdienstleisters war. »Jeder belegte Euro bringt zwanzig Cent des fürstlichen Gehaltes aus den Klauen des Finanzamtes zurück.«

»Jo, je mehr sie verdienen, umso gieriger werden sie. Zum Glück arbeiten wir für einen Hungerlohn.« Er lachte kurz auf, dann kehrte er mit Maria in den Verhörraum zurück, in dem Swantje Detersen auf sie wartete.

»Danke für Ihr Erscheinen«, sagte Maria und nachdem sie sich die Hände geschüttelt hatten, setzten sie sich an den Tisch.

»Ihre Personalien haben wir bereits, doch in welcher Form Sie mit Stefan Vogt zu tun haben, fehlt uns noch. Also bitte, wir hören.«

»Gern, Herr Goselüschen. Wir sind Arbeitskollegen und befreundet, zumindest dachte ich das bis heute Morgen.« Sie verzog angewidert das Gesicht. »Ich wusste ja, dass mit seiner Frau nichts mehr läuft und er sich woanders die Hörner abstößt – aber dass er ein Mörder ist, damit rechnet doch niemand.« Sie schüttelte energisch den Kopf und Maria bemerkte, wie die junge Frau am ganzen Körper erzitterte. »Wenn ich mir vorstelle ...«

»Was vorstelle?«, hakte Goselüschen nach.

»Ja, dass er Frauen beim oder nach dem Sex umbringt. Sie müssen wissen, wir hatten eine ganz kurze Affäre.«

»Wann hatten Sie die und wie lange hielt sie an?«

»Ist schon ein paar Monate her und sie war wirklich nur sehr kurz. Wir waren vielleicht drei oder vier Mal in der Kiste. Dann wurde es mir zu bunt.«

»Schildern Sie genauer«, bat Maria.

»Okay, er ist dabei ziemlich rabiat. Und hey, ich mag es auch mal härter, aber er drückt fester zu, als es sein sollte. Das hab ich ihm gesagt, doch beim nächsten Mal hatte er sich wieder nicht unter Kontrolle, da hab ich es beendet.«

»Trotzdem blieben Sie mit ihm befreundet?« Goselüschen konnte seine Überraschung nicht verbergen.

»Ansonsten ist Stefan ein Pfundskerl, man kann mit ihm über alles reden und er tut alles für seine Freunde. Aber Sex mit ihm, das geht nun mal gar nicht.«

»Gut«, sagte Maria, »wie kam es, dass er bei Ihnen in der Wohnung war?« Swantje bat um ein Glas Wasser, das ihr gereicht wurde. Nach einem großen Schluck begann sie:

»Wie jeden Morgen habe ich mein Facebook gecheckt und bin auf den Aufruf der Polizei gestoßen. Sie können sich vorstellen, was ich für einen Riesenschreck bekam, als ich Stefans Bild gesehen habe. Und da ich wusste, dass er zu den Tatzeiten eine Verabredung hatte und am nächsten Tag jeweils ganz komisch drauf war, bin ich zu ihm und hab ihn damit konfrontiert.«

»Wie war seine Reaktion darauf?«

»Er wurde panisch, das können Sie glauben, Frau Fortmann. Aber irgendwie hat er es auch zugegeben. Ich bekam da auch etwas Angst. Daher hab ich ihm meine Schlüssel gegeben und ihm gesagt, er soll sich dort erstmal verkriechen und wir sehen weiter, wenn ich Feierabend habe. Kurz darauf habe ich Sie informiert, denn die Belohnung, die es dafür sicher gibt, kann ich gut gebrauchen. Auch wenn Sie jetzt denken, dass ich keine gute Freundin bin, doch bei Mord hört die Freundschaft auf.«

»Das zu beurteilen ist nicht unsere Aufgabe, Frau Detersen. Aber sie sagten, er hätte komisch gewirkt an dem jeweils folgenden Tag nach den Taten. Hat er mit Ihnen darüber gesprochen?« Swantje schüttelte den Kopf.

»Nein, er war kurz angebunden und irgendwie angepisst. Ich hab ihn dann in Ruhe gelassen.« Goselüschen warf Maria einen Blick zu, kurz darauf entließen sie Swantje.

»Schicke Schuhe«, rief Maria ihr hinterher, »ich habe die gleichen in Pink.« Swantje lächelte über ihre Schulter hinweg.

»Danke, aber neonorange ist doch viel trendiger.« Mit diesen Worten bog sie um die Ecke des Flures und verschwand aus dem Sichtfeld.

***

Maria konnte regelrecht spüren, wie Eva Vogt sich bemühte, ihre Fassung zu behalten. Sie bat Goselüschen und Maria ins Wohnzimmer, das noch deutlich unter der Inspektion der Spurensicherung zu leiden hatte. So setzte die Frau des Verdächtigen ihre Aufräumarbeiten fort, ohne sich etwas anmerken zu lassen.

»Es tut mir leid, dass wir so eine Unordnung hinterlassen. Das alles muss furchtbar für Sie sein«, sagte Maria mitfühlend, nachdem sie sich auf das breite Sofa gesetzt hatte.

»Ach wissen Sie«, erwiderte Eva Vogt, während sie einen Stapel Bücher in den Armen hielt, die sie nach und nach wieder in das Regal zurückstellte, »so furchtbar ist das vielleicht alles gar nicht.«

»Wie meinen Sie das?«, wollte Goselüschen wissen, der im Türrahmen stehengeblieben war, seinen Notizblock im Anschlag. Eva stieß einen langen Seufzer aus und wandte sich zu den Kommissaren.

»Stefan war wie ein Geist. Spätestens seit der Affäre mit seinem Kollegenflittchen leben wir komplett nebeneinander her.«

»Sie wissen, was ihm vorgeworfen wird. Wie war es bei Ihnen, also im Schlafzimmer?«

»In unserem Schlafzimmer, Frau Kommissar, da läuft seit Jahren nichts mehr. Früher, müssen Sie wissen, da war er liebevoll und zärtlich, doch irgendwann schlug es um und er wollte es immer härter und perverser. Da hab ich ihn irgendwann vor die Wahl gestellt: Getrennte Schlafzimmer oder Trennung. Ich hatte ihm daraufhin noch zwei oder drei Chancen gegeben, aber er wurde wieder zum Tier. Und das meine ich nicht positiv. Hätten wir keine Kinder, wäre ich schon lange weg, das können Sie mir glauben.«

»War er denn in den letzten Wochen anders als davor?« Sie schien nachzudenken, zuckte dann mit den Schultern.

»Nein, eigentlich nicht. Wir haben uns aber höchstens zehn Minuten täglich gesehen. Er hat oben seinen Bereich, ich unten. Er nutzt normalerweise auch den

Seiteneingang. Falls Sie wissen wollen, ob ich es mir vorstellen kann, dass er schuldig ist, dann kann ich nur sagen,
keine Ahnung. Vielleicht ja, vielleicht nein. Da sollten Sie
besser diese Swantje-Schlampe fragen, ich denke, die
kennt ihn besser.«

»Wir wissen bereits von dieser Affäre. Die soll jedoch
bereits länger nicht bestehen.«

»Puh, wissen Sie was, das ist mir mittlerweile auch
völlig egal. Sie hatte ihm ja bei der Flucht helfen wollen,
wie mir vorhin der Anwalt am Telefon sagte, vielleicht
war sie deswegen heute Vormittag hier, um Sachen für
ihn zu holen.«

»Sie haben Frau Detersen hier gesehen?«

»Nein, nicht hier, es war zwei Straßen weiter, bei der
Volksbank. Aber sie wohnt auf der anderen Seite der
Stadt. Ach, was weiß ich.«

»Vielen Dank für Ihre Zusammenarbeit, Frau Vogt, wir
melden uns, falls wir noch Fragen haben.«

»Sie finden sicher allein raus«, erwiderte sie und
beschäftigte sich weiter mit den Büchern, die in großer
Menge auf dem Wohnzimmerfußboden lagen.

»Ich denke, wir haben genug neuen Gesprächsstoff«,
sagte Goselüschen, nachdem Maria den Dienstwagen
gestartet hatte.

»Sehe ich auch so«, bestätigte sie. »Du könntest gleich
den Anwalt davon in Kenntnis setzen, vielleicht kriegen
wir heute Abend noch unser Geständnis.« Goselüschen
griff nach dem Smartphone und tippte die Nummer von
der Visitenkarte des Advokaten ein.

Kapitel 19

Tatsächlich fanden sich Stefan Vogt und sein Anwalt noch am selben Tag zu einem erneuten Gespräch ein. Vogt wirkte abwesend, als ob er unter dem Einfluss von Drogen stünde oder er bereits mit seiner Verteidigung abgeschlossen hätte. Goselüschen verlas vor dem laufenden Aufnahmegerät den obligatorischen Belehrungstext und fragte im Anschluss:

»Stefan Vogt, wollen Sie zu den Morden an Hanna Rasmussen und Friederike Claaßen, die Ihnen vorgeworfen werden, aussagen?« Der Anwalt nickte seinem Mandanten auffordernd zu. Vogt räusperte sich.

»Ich gebe zu, dass ich mich mit den beiden Frauen an ihrem Todestag getroffen habe und es mit beiden zu einvernehmlichem Sex gekommen ist. Und ja, es ging etwas wilder zu, aber Sie müssen mir glauben, dass ich nicht weiß, ob ich sie getötet habe.« Goselüschen zog die Augenbrauen hoch.

»Beide Opfer wiesen Hämatome an den Armen und am Rumpf auf und bei beiden fanden sich Würgemale am Hals. Das verstehen Sie unter einvernehmlich?«

»Ich sagte ja«, wand er sich, »es ging etwas härter zu.«

»Etwas härter? Wollen Sie uns verarschen? Klar, die Damen wollten es härter, aber sicher wollten sie nicht halbtot geprügelt und anschließend erwürgt werden!«

»Vielleicht bin ich etwas über das Ziel hinausgeschossen ...«

»Herr Vogt, uns liegen die Aussagen von Frau Detersen und Ihrer Frau vor, die übereinstimmend bestätigen, dass Sie sich nicht im Griff haben und in Rage geraten beim Sex. Und da kommen Sie mit etwas über das Ziel hinausgeschossen? Darf ich dezent an gestern Abend erinnern?« Maria hatte Mühe, ihre Stimme unter Kontrolle zu halten.

»Was war gestern Abend?«, mischte sich der Anwalt ein. Maria klärte ihn über den Ablauf und den Grund des gestrigen Treffens auf, woraufhin dieser mit den Augen rollte.

»Ich geb ja zu, dass ich manchmal die Kontrolle verliere, aber Sie müssen mir wirklich glauben, dass ich NIEMALS jemanden töten wollte.«

»Angenommen, wir glauben Ihnen das«, sagte Maria, die jetzt tatsächlich an der Tötungsabsicht zweifelte, »stellt sich die Frage, warum Sie flüchten wollten.«

»Hören Sie, ich war heute Morgen völlig überrumpelt, als meine Kollegin mir den Fahndungsbericht gezeigt hat. Und nachdem sie mir angeboten hat, mich zu verstecken und später mit ihrem Auto abzuhauen, habe ich aus Panik nicht nachgedacht, sondern bin sofort zu ihr.«

»Das wissen wir bereits. Sie waren jedoch länger allein in der Wohnung. Ist Ihnen da nicht in den Sinn gekommen, dass Ihre Flucht spätestens vorbei ist, wenn Sie keine Kohle mehr zum Tanken haben? Ihnen dürfte doch klar sein, dass wir jede Kreditkartenbenutzung sofort mitbekommen und so spielend Ihren Aufenthaltsort hätten ermitteln können.«

»Sicher, Herr Kommissar, aber Swantje wollte so viel Geld von meinen Konten abheben, wie möglich, und es mir vorbeibringen. Und ich hatte auch noch jede Menge Bargeld im Büro, von dem meine Frau nichts wissen durfte. Das hätte für eine gewisse Zeit ausgereicht, gerade irgendwo in Osteuropa oder Russland.«

»Dahin also sollte die Reise gehen.«

»Keine Ahnung, der Vorschlag kam von Swantje. Ich hab die ganze Zeit nur darauf gewartet, dass sie endlich mit dem Geld kommt, damit ich abhauen kann. Mich zu stellen kam gar nicht in Frage, weil ich ja wusste, dass ich für Sie der Täter sein muss bei der Beweislage. Ich hatte viel zu viel Schiss, in den Knast zu wandern.« Er machte eine Pause. »Dann kamen Ihre Kollegen.«

»Okay. Was haben Sie mit den Handys und Laptops der Opfer angestellt?« Ein großes imaginäres Fragezeichen breitete sich auf Vogts Gesicht aus.

»Was? Womit? Gar nichts, was soll ich damit gemacht haben?« Goselüschen bemerkte, dass Maria etwas unruhig wurde.

»Wenn Sie nur Sex im Sinn hatten, wozu haben Sie einen Elektroschocker dabeigehabt? Ist das 'ne neue Sexpraktik?«

»Elektrowas? Was wollen Sie jetzt von mir?«

»Den wir in Ihrer Garage gefunden haben.« Sie richtete das Wort an den Anwalt. »Haben Sie ihn davon nicht unterrichtet?«

»Tut mir leid, das ist bei der erdrückenden Beweislage wohl etwas untergegangen.« Er hob entschuldigend die Hände. »Das ging ja heute auch alles von jetzt auf gleich.«

»In meiner Garage? Ich habe keinen Elektroschocker, wofür auch? Vielleicht gehört er meiner Frau, weil sie Angst hatte, da sie häufig abends allein war. Mir jedenfalls gehört er nicht.« Maria sprach auf das Band, dass die Befragung unterbrochen werden würde.

»Kommst du bitte kurz mit raus«, sagte sie zu Goselüschen, der ihr umgehend folgte.

***

Goselüschen schaute verwirrt drein, als sie auf dem Flur standen.

»Sag mal, kommt dir das nicht auch alles suspekt vor?«, wollte Maria wissen.

»Zum einen das und zum anderen macht mich deine Zappelei ganz unruhig. Auf jeden Fall passt einiges nicht zusammen und von Mord sind wir mittlerweile ein gutes Stück weg. Ich glaube, außer für gefährliche Körperverletzung mit Todesfolge kriegen wir den nicht dran.«

»Da stimme ich dir zu. Aber wir sollten uns ganz schnell nochmal mit jemandem unterhalten.« Goselüschen lächelte milde.

»Du meinst, dass seine Frau etwas damit zu tun hat? Im Leben nicht.« Maria schüttelte bedächtig, dann energisch den Kopf.

»Nein, nicht seine Frau. Aber eine Frau. Ich bin mir absolut sicher, dass uns Swantje Detersen nicht alles gesagt hat.«

»Du meinst, das mit dem Geld? Weil Vogts Frau sie bei der Bank gesehen hat? Die Detersen sagte uns doch dreist ins Gesicht, dass sie auf Kohle scharf ist, und so konnte sie ganz schön was für sich rausholen.«

»Das ist der eine Punkt. Der andere ist, dass vielleicht sie heute schnell den Schocker in Vogts Garage deponiert hat, da sie wusste, dass wir ihn finden werden.«

»Jetzt gehen langsam die Pferde mit dir durch, Blondie. Swantje mag ein geldgeiles Luder sein, aber ich sehe kein Motiv. Und als Frau jemanden zu erwürgen? Nicht die klassische Waffenwahl einer Frau.«

»Du hast recht damit, mit allem. Aber trotzdem passt hier irgendwas nicht.«

»Gehen wir wieder rein?« Maria nickte.

»Geh schon mal, ich sag Sebastian, dass er uns die Detersen nochmal herbringen soll.«

Der Anwalt machte keine Anstalten, seine Ungeduld zu verbergen, als Maria fünf Minuten nach Goselüschen wieder den Verhörraum betrat.

»Es ware schön, wenn Sie Ihre Arbeit gemacht hätten, bevor Sie uns herzitieren.«

»Entschuldigung, aber auch wir versuchen nur, schnellstmöglich Licht in das Dunkel zu bringen.« An Vogt gewandt sprach sie weiter. »Herr Vogt, wusste Swantje Detersen von Ihren Dates?« Nachdenklich schüttelte er den Kopf.

»Nein, ich denke nicht. Erzählt habe ich ihr jedenfalls nicht davon.«

»Wusste sie, dass Sie auf Eliteflirt aktiv sind?«

»Finden Sie das etwa witzig?«, mischte sich Goselüschen ein, nachdem Vogt ein breites Grinsen zeigte.

»Sie wusste nicht nur davon, sie hat es mir doch erst empfohlen. Nachdem ich unsere Affäre beendet hatte, blieben wir Freunde und sie meinte, dass ich mich dort ja austoben könnte. Wenn schon nicht mit ihr, dann lieber mit irgendwelchen Unbekannten.«

»Moment«, sagte Goselüschen und blätterte in seinen Notizen. »Frau Detersen sagt, dass sie Ihre Affäre beendet hätte, weil Sie sich nicht im Griff hatten.«

»Das wird ja immer besser«, sagte Vogt, der langsam wieder das Selbstbewusstsein erlangte, das Maria bei ihm als Sinclair kennengelernt hatte. »Sie hatte mich angefleht, es nicht zu beenden. Aber sie langweilte mich.«

»Interessant, und dann behaupten Sie als Nächstes, dass nicht Ihre Frau auf getrennte Schlafzimmer bestanden hat, sondern Sie?« Vogt sank etwas in sich zusammen.

»Nein«, gab er kleinlaut zu. »Diese Entscheidung traf Eva.« Goselüschen verständigte sich kurz mit Maria.

»Okay, für den Moment soll das reichen.« Er bedeutete dem uniformierten Kollegen, Vogt wieder abzuführen. Dieser wehrte sich nicht, wahrscheinlich war er froh, jetzt nicht nach Hause zu müssen, vermutete Maria. Der Anwalt verzichtete ebenfalls auf einen Einwand.

***

Sebastian hatte den Hörer noch zwischen Schulter und Wange eingeklemmt, als die beiden sein Büro betraten.

»Nichts«, sagte er und legte auf. »Das Handy ist tot, zu Hause geht niemand ran und in der Firma wurde sie seit heute Morgen nicht mehr gesehen.«

»Sie ist vermutlich die Einzige, die uns noch Fragen beantworten kann. Unabhängig davon, was sie umtreibt, sie hat uns einige Lügen aufgetischt.«

»Hast du die Konten vom Vogt gecheckt?«

»Ja, Gose, insgesamt wurden von verschiedenen Konten und Geldautomaten über 50.000 Euro abgehoben. Ich wusste gar nicht, dass so viel überhaupt möglich ist.«

»Ist es mit unseren Plastikkarten auch nicht, aber mit `ner goldenen oder diamantenen oder was auch immer die Geldsäcke haben, ist das alles machbar.«

»Ach«, fuhr Sebastian plötzlich dazwischen, »die von der Firma sagten, dass Swantje darauf bestanden hat, die Meldung bei uns zu machen, nachdem ein anderer Kollege dort schon auf die Idee gekommen war, dass Vogt der Gesuchte sein könnte.«

»Wir sollten auf jeden Fall eine Fahndung rausgeben. Allein die gestohlenen 50 Mille sollten dafür ausreichen.« Maria stimmte ihrem Kollegen zu und Sebastian gab es sofort in den Rechner ein. Dann durchfuhr es sie wie ein Blitz.

»Die orangen Sportschuhe«, sagte sie mehr zu sich selbst.

»Was?«, fragten die beiden Männer fast gleichzeitig.

»Komm, Gose.« Sie sprang auf und eilte zur Tür. Goselüschen schaute verwirrt zu Sebastian, der ebenso fragend dreinschaute.

»Was soll´s«, sagte er und folgte Maria.

***

Maria drückte ordentlich das Gaspedal durch und so erreichten sie nach gut 20 Minuten Leer. Gerade bogen sie in die Saarstraße ein – Swantje Detersens Wohnung befand sich in der nächsten Straße – da schoss ein grüner Audi in entgegengesetzter Richtung an ihnen vorbei.

»Verdammte Axt, das war sie!«

»Bist du sicher?«

»So sicher wie man als Ostfriese nur sein kann«, bestätigte Goselüschen. Maria warf einen Blick in den Rückspiegel und im nächsten Moment brachte sie ihren Dienstwagen mit einem rasanten Wendemanöver auf die Gegenfahrbahn, die zum Glück momentan frei war.

»Denk an mein Herz, Blondie«, sagte Goselüschen und atmete geräuschvoll aus. Dann griff er nach der Signalleuchte, ließ das Seitenfenster herunter und brachte sie auf dem Autodach an. Er ließ sie aufheulen und gab über Funk ihren Standort und den vermeintlichen Fluchtweg Detersens an die Zentrale weiter.

»Sie will sicher auf die A 28«, stellte Maria fest. »Wäre besser, wir stoppen sie vorher.«

»Da vorn ist sie«, sagte er, da erkannte sie den Wagen ebenfalls, der nur durch einige Fahrzeuge von ihrem getrennt war. Vorbildlich fuhren diese an den rechten Straßenrand und ließen das Einsatzfahrzeug vorbei.

Jetzt schien auch Detersen erkannt zu haben, dass ihr das Sirenengeräusch galt, denn sie beschleunigte merklich, bremste jedoch plötzlich und legte eine ähnlich anspruchsvolle Kehre hin wie Maria vorhin. Im nächsten

Moment fuhr sie an den perplexen Polizisten vorbei in Richtung Stadtmitte.

»Was hat die vor?«

»Keine Ahnung, aber gib es durch.« Maria brauchte diesmal etwas mehr Zeit, bis sie die Richtung wechseln konnte, daher war der Audi bereits außer Sichtweite, bis sie die Verfolgung fortsetzen konnten.

Nachdem sie etwa eine halbe Stunde ergebnislos durch Leer gefahren waren, wurde ihnen mitgeteilt, dass der Audi Detersens im Parkhaus des Frisia Centers in der Innenstadt verlassen aufgefunden wurde. Von Swantje Detersen fehlte jede Spur. Die Überwachungskamera filmte sie lediglich beim Aussteigen und wie sie sich laufend von ihrem Fahrzeug entfernte. Auf weiteren Aufnahmen anderer Kameras war sie nicht mehr zu sehen.

Kapitel 20

Noch am selben Abend, sie hätte in knapp einer Stunde die polnische Grenze erreicht gehabt, wurde Swantje Detersen mit einem gestohlenen BMW wegen überhöhter Geschwindigkeit bei einer Polizeikontrolle angehalten. Während der Überprüfung ihrer Personalien bemerkten die Beamten schnell, dass ihnen mit dieser sehr nervösen Frau eine gesuchte Person ins Netz gegangen war.

Nach anfänglich verzweifelten Versuchen, sich der Festnahme zu entziehen, gab sie schließlich auf und ließ sich widerstandslos zur Polizeiwache und am nächsten Morgen zu den bereits wartenden Beamten nach Aurich überführen.

»So schnell sieht man sich wieder«, sagte Goselüschen mit einem kleinen Lächeln.

»Was wollen Sie von mir? Sie haben den Täter doch längst.«

»Ach ja, haben wir den?« Maria fixierte die Augen der Frau. »Wollen Sie uns nicht einfach erzählen, was passiert ist?« Sie konfrontierten Swantje mit den Erkenntnissen, die sie von Stefan Vogt und seiner Frau erhalten hatten.

»Ja und? Da steht wohl Aussage gegen Aussage«, sagte sie trotzig. Die Tür ging auf, Sebastian kam herein und legte Maria und Goselüschen einen Ausdruck auf den Tisch. Kurz überflogen sie den Inhalt.

»Frau Detersen, warum haben Sie heute den Elektroschocker bei den Vogts versteckt?«

»Keine Ahnung, wovon Sie da reden.«

»Davon, dass Ihre Fingerabdrücke auf dem Gerät sind.«

»Ach ja, jetzt fällt es mir wieder ein. Das hatte er mir im Büro mal gezeigt und da hab ich es auch angefasst«, sagte sie, ohne mit der Wimper zu zucken.

Maria schlug mit der flachen Hand auf den Zettel. »Wissen Sie, was ich glaube? Sie haben die Frauen mit dem Schocker außer Gefecht gesetzt und sie danach mit einem Kissen erstickt.«

»So ein Quatsch.« Swantje streckte den Rücken durch und beugte sich nach vorn. Erstens: Warum sollte ich das tun? Und zweitens: Woher sollte ich überhaupt wissen, wo er welche Schlampen vögelt?«

»Zum einen, weil Sie immer noch in ihn verliebt sind und zum anderen, weil Sie selbst ihm Eliteflirt empfohlen haben. Gerade sind unsere Kollegen dabei, Ihre Wohnung auseinanderzunehmen, und danach wird in Ihrem Büro jedes kleine Steinchen umgedreht.« Swantje wollte ihre Arme vor der Brust verschränken, was jedoch von den Handfesseln verhindert wurde. So blieb ihr nur, demonstrativ zur Seite zu schauen.

»Frau Detersen«, sagte Goselüschen, »wir haben Fasern unter den Fingernägeln des zweiten Opfers gefunden. Das heißt, wir werden jedes einzelne in Frage kommende Kleidungsstück, das wir bei Ihnen finden, genau darauf untersuchen. Und glauben Sie mir, unser Labor ist äußerst gründlich. Des Weiteren werden wir jede Ihrer Kontobewegungen an den Tattagen und jede Verkehrsüberwachungskamera auf dem Weg nach Norderney und Aurich überprüfen. Kurzum: Wir kriegen Sie am Arsch.« Maria konnte fast greifen, wie der Widerstand Swantjes von Sekunde zu Sekunde wich.

»Es sollte nicht so laufen«, sagte sie nach einer Pause mit leiser Stimme.

»Wie sollte es und vor allem, wie ist es gelaufen?« Maria nickte Goselüschen zu, der seinen Stuhl etwas vom Tisch abrückte. Jeglicher Trotz war aus Swantjes Gesicht verschwunden und hatte einer tiefen Traurigkeit Platz gemacht.

»Ich liebe Stefan. Schon seit ich ihn kennengelernt habe. Und ja, er hat leider unsere Affäre beendet, obwohl ich ihn angefleht habe, bei mir zu bleiben.«

»Erzählen Sie weiter«, forderte Maria sie auf.

»Ich habe ihm Eliteflirt gezeigt, ein Ex-Freund hatte mir davon erzählt. Ich hab gedacht, nein, ich hab gehofft, dass die Frauen, die er trifft und dann auch schlägt, ihn bei der Polizei anzeigen würden. Dadurch wäre er seinen Job und seine Frau los und er würde merken, dass nur ich zu ihm halte.« Aus dem Augenwinkel bemerkte Maria, wie Goselüschen das Gesicht verzog.

»Das hat nicht funktioniert.«

»Nein, leider nicht. Vielleicht war es den Frauen zu peinlich, ich weiß es nicht. Da beschloss ich, nachzuhelfen. Ich hatte ihm die Seite ja gezeigt und wissen Sie, er ist manchmal etwas nachlässig mit seinem Laptop. Daher konnte ich mir, als er in der Pause war, seine Login-Daten holen. Und da ich selbst dort ein Profil habe, konnte ich gut verfolgen, wann er online war. Ich bin dann sofort, wenn er off ging, in sein Profil und habe seine Nachrichten gelesen. So wusste ich, wann und wo er sich mit der Rasmussen, der Claaßen und mit Ihnen treffen wollte.«

»Sie sind gestern Abend an mir und Stefan Vogt vorbeigejoggt.« Swantje nickte.

»Jetzt fällt es mir auch wieder ein«, warf Sebastian ein, der noch hinter seinen Kollegen an der Wand lehnte. Auch an ihm war Detersen mit den auffallenden Schuhen am Vorabend vorbeigelaufen.

»Ja, aber Sie hatten ja Glück, dass es vorher eskaliert ist.«

»Na, Glück würde ich das nicht nennen«, sagte Maria in Gedanken an die Beule an ihrem Hinterkopf. »Fahren Sie fort.«

»Nun, ich habe bei der Claaßen im Garten gewartet, bis Stefan endlich weggegangen war. Dann bin ich durch die Haustür, die nicht verschlossen war, hineingegangen. Der Rest war einfach, denn sie lag, wahrscheinlich halbtotgeprügelt, im Bett und stierte ins Leere. Es dauerte nur ein paar Minuten, bis sie nicht mehr geatmet hat.«

»Das erklärt die fehlenden Hinweise darauf, dass sie sich wehrte«, sagte Goselüschen.

»Hat sie nicht, sie ist ganz friedlich eingeschlafen.« Ein Schaudern überkam Maria.

»Sie haben Friederike Claaßen erstickt, daran ist gar nichts friedlich. Aber weiter. Wie war es bei der Rasmussen?«

»Das war schwieriger, dort war die Haustür abgeschlossen, sodass ich klingeln musste. Sie war zwar nicht so wehrlos wie die erste, doch nach dem Elektroschock war es vorbei. Ich musste sogar noch ihre Pisse vom Boden wischen. Hab sie dann ins Bett geschleppt, wo ich ihr den Rest geben wollte, da hat sie sich plötzlich gewehrt und sich an mir festgekrallt. Aber am Ende hatte sie keine Chance.«

»Was bitte hatten sie davon, diese Frauen zu ermorden, um Himmels willen?«

»Erst dachte ich, dass er dafür ins Gefängnis kommt und ich auf ihn warten und ihn besuchen könnte. Er würde nur mir gehören.« Sie strahlte.

»Und warum haben Sie die Handys und Rechner der Opfer mitgenommen?«

»Damit Sie darauf kommen, dass es mit Eliteflirt zu tun hat.«

»Das hätten wir auch herausbekommen, wenn Sie die Sachen nicht entwendet hätten.«

»Aber so ging es doch schneller, oder? Schließlich hätten Sie andernfalls doch erstmal das gesamte private und berufliche Umfeld der Opfer checken müssen.« Maria musste ihr insgeheim zustimmen, dass sie tatsächlich schnell auf diese Spur gekommen waren.

»Und zum Schluss haben Sie ihn auffliegen lassen, damit er verhaftet wird?«

»Nein. Eigentlich hoffte ich, dass er tatsächlich flieht und ich ihm später folgen würde. Aber als ich heute Vormittag wieder zur Arbeit kam, sprach mich Michael, ein Kollege, auf die Fahndung an, ob der Gesuchte nicht Stefan sein könnte. Daraufhin hab ich ihm gesagt, dass ich wüsste, wo Stefan wäre und es der Polizei melde. Das hab ich dann getan.« Sie atmete tief durch. »Und den Rest kennen Sie. Kann ich jetzt gehen?«

»Träum weiter, Kindchen«, sagte Goselüschen und signalisierte dem uniformierten Kollegen, Swantje Detersen in die Untersuchungshaft zurückzubringen. Kopfschüttelnd sahen Maria und er ihr auf dem Korridor hinterher und dieses Mal warf sie kein freundliches Lächeln mehr über ihre Schulter.

Epilog

Dank der Kooperation Swantje Detersens mit den Ermittlungsbehörden konnten die ihr vorgeworfenen Taten lückenlos rekonstruiert werden. So fanden sich die technischen Geräte der Opfer, die von der Täterin im ersten Fall ins Hafenbecken Norderneys, im zweiten Fall in einem Bauschuttcontainer entsorgt worden waren, der Nahe der Wohnung Rasmussen aufgestellt gewesen war. Das Labor bestätigte zudem die Übereinstimmung der gefundenen Fasern am zweiten Tatort mit denen eines Pullovers, den sie nach Detersens Hinweis zusammen mit den Handschuhen und der Wollmütze, die sie bei den Taten getragen hatte, in einem Karton in ihrer Garage fanden.

Sie wurde später wegen zweifachen Mordes zu lebenslanger Haft verurteilt.

Stefan Vogt musste sich wegen gefährlicher Körperverletzung in mehreren Fällen verantworten und wurde zu einer Haftstrafe von zwei Jahren verurteilt, die unter der Voraussetzung, dass er sich einer Anti-Aggressionstherapie unterziehen würde, zur Bewährung ausgesetzt wurde. Seine Frau reichte noch während seiner Gerichtsverhandlung die Scheidung ein und zog mit ihren Kindern nach Wittmund.

Die Nachrichten, die Maria vielen Frauen auf Eliteflirt geschickt hatte, sorgten für einen Sturm im Gruppenchat und führten zu zahlreichen Accountkündigungen, sodass die Firma Eliteflirt bald darauf die deutsche Seite vom

Netz nahm und sich vorbehielt, Schadenersatzansprüche gegen Maria vor Gericht geltend zu machen.

»Und, Hase, was lernen wir aus der ganzen Sache?«, wollte Goselüschen von Maria wissen, nachdem sie gerade vom Prozessausgang gegen Swantje Detersen erfahren hatten.

»Dass wir uns keine Sorgen um unsere Jobs machen müssen, solange Liebe, Sex und Geld das Gehirn der Menschen vernebeln, richtig?« Goselüschen grinste sie an.

»Du bist mein Mädchen.«

Nachwort

Zentrales Thema dieses Kriminalromans ist ein Dating-portal, welches in dieser Form (hoffentlich) nicht real existiert.

Sicher werden einige von euch wegen der scheinbaren Naivität, mit der die eine oder andere Person in diesem Buch handelt, hin und wieder die Augen verdrehen. Doch bevor ihr das alles in das Reich der Autorenfantasie einsortiert, schaut euch um, mit welcher Gedankenlosigkeit die meisten von uns mit der noch sehr jungen virtuellen Realität umgehen. Sei es das Posten von spärlich bekleideten Kindern oder von einem selbst in zweideutiger Pose oder auch das schnelle Drücken des Bestätigen-Buttons, der uns auf so mancher Homepage verführt, unsere persönlichen Daten zu übermitteln.

Keinesfalls möchte ich hier den Zeigefinger deswegen erheben. Lediglich bezogen auf dieses Buch den Gedanken anregen, dass gerade beim Thema Sex schnell mal das Vernunftsareal des Gehirns umgangen wird und bei uns, liebe männliche Leser, das Blut in diesen Fällen leider eine Etage tiefer benötigt wird.

Wer von euch diese Grundgedanken mit einfließen lässt, wird sicher viel Vergnügen mit diesem Krimi haben.

Danksagung

Eine Geschichte zu schreiben ist einfach. Daraus hingegen ein Buch entstehen zu lassen, ist ein umfangreiches Unterfangen. Für einen allein eine fast nicht zu bewältigende Aufgabe – jedenfalls für mich. Daher möchte ich mich bei allen herzlich bedanken, die sich – in welcher Form auch immer – eingebracht haben, damit aus meiner Geschichte ein fertiges Buch werden konnte.

Ein ganz spezieller Dank geht an Petra Thole von der Kripo Cloppenburg, die mich in allen Fachfragen hervorragend unterstützt und beraten hat. Für die Beantwortung regionalspezifischer Polizeifragen bedanke ich mich bei Antje Heilmann von der Polizeiinspektion Aurich.

Für die fachmännische Unterstützung in allen medizinischen Belangen bedanke ich mich herzlich bei Robert Splittgerber. Besonderer Dank gilt Tanja Loibl, welche wieder geholfen hat, meine verquere Aneinanderreihung von Wörtern zu lesbaren Sätzen umzuformulieren, soweit ich es zugelassen habe, und hoffentlich die meisten Fehlerteufel aus diesem Werk vertrieben hat. Nicht zu vergessen, meine vielen Testleser. Von denen möchte ich folgende hervorheben, da diese mir, nicht immer schöne, aber konstruktive Kritiken geschrieben haben: Iris Freinberger, Linda M. Berg, Drea Summer, Anja Lang und Beate Majewski. Vielen Dank euch allen!

Über den Autor

Der Autor, 1970 geboren, lebt im niedersächsischen Vechta und ist Vater zweier erwachsener Kinder. Der Krimi *Mordseefluestern* ist seine achte Veröffentlichung. Die Idee, Geschichten zu erzählen und Bücher daraus entstehen zu lassen, kam quasi über Nacht.

Selbst ist er großer Fan von Büchern Stephen Kings, Dean Koontz´ und John Grishams. Natürlich hat auch die Harry Potter-Reihe von J. K. Rowling einen festen Platz in seinem Bücherschrank.

Besucht ihn bei Facebook und folgt ihm auf der Autorenseite Marcus Ehrhardt. Oder abonniert ihn auf Instagram unter Marcus.Ehrhardt.Autor und verpasst keine Neuerscheinung mehr.

Bisher erschienen:
- *Fremde Angst – Burns Creek* (08/2017)
- *Fremde Angst – Nemesis* (10/2017)
- *Der Tote vom Stoppelmarkt* (12/2017)
- *Im Namen des ...* (02/2018)
- *Die Klaviatur der Gerechtigkeit* (05/2018)
- *Mordseerauschen* (07/2018)
- *Von Hass getrieben* (10/2018)

Der sechste Krimi mit Maria Fortmann und Peter Goselüschen, *Mordseegrollen*, erscheint im Februar 2019.

Eine Bitte am Schluss

Liebe LeserInnen des Buches *Mordseefluestern:* Jeder hat andere Vorlieben und Sichtweisen. Und ich maße mir nicht an, ein Buch schreiben zu können, das jedem gefällt. Jedoch bin ich bestrebt, dass jeder gut unterhalten wird, der eines meiner Bücher liest. Daher bitte ich darum, nach Beendigung des Buches eine Rezension oder eine persönliche Bewertung zu hinterlassen. Ich werde jede seriöse Kritik lesen und sie gegebenenfalls in mein weiteres Wirken einfließen lassen.

Dafür im Vorfeld bereits vielen Dank!